JN324416

二度はゆけぬ町の地図

西村賢太

角川文庫
16500

目次

貧窶の沼

開け放った窓の鼻先にある、小さな古びた工場が始業すると、いくら深い眠りを貪っていても自然に眼が覚めてしまうのだった。

貫多《かんた》は寝汗にまみれた体を敷布団がわりの二枚のタオルケットに腹這《はらば》せ、まず頭の傍にある、昨夜の飲み残しの缶コーラを取り上げて中の生ぬるい液体を飲み干し、ついで灰皿をひき寄せるとしばらく痴呆患者のような面持ちで煙草をふかしていたが、二本目を吸い終えるといきおいよく起き上がり、午前の小一時間程度しか日の射さぬこの三畳間では、晴天の日中から必需な頭上の裸電球のスイッチをひねった。

そして昨日《さくじつ》と同じジーンズとTシャツを身につけると、共用の後架で小便だけすませ、そのまま共同玄関をとびだしたが、そのとき、そこの横手にある家主宅の、やはり暑気に開放された窓の内側にいた老婆と目が合い、こちらが挨拶するよりも早く、

「きのう、夜遅くに佐久間さんって人から電話があったよ。用件を聞いたら、また今日にでもかけ直すって言ってたけど……なるべく、電話は夜九時までにして下さいね」と、声をかけられたが、すぐと老婆は言葉を継ぎ、「それとね、あんたには関係がないことだけども、また入口の所を汚されてたんだよ。いったい誰があんな

とこで吐いたりするんだろうねぇ。本当に、きたないったらありゃしない。掃除するのだって嫌になるし、朝起きてあんなの見ると一日中気分が悪くなるねえ」なぞ、顔をしかめてほき出しつつ、ちょっと貫多を見る目に探るような色を浮かべる。

これに貫多は、大変ですね、なぞ笑いながら言うと、それだけでさっさと通りに出てしまったが、そのとき横目で家主宅の玄関脇の、水浸しになってる植え込みを見てみると、昨夜遅くに彼がぶち撒けた吐瀉物は、成程跡形もなく流し浄められている。それに彼はヒヤリとする思いだったが、心の中だけで家主の老婆に詫び、すでに夏の日射しが強烈に撥《は》ねつけている往来を鶯谷の駅へと向かって歩いていった。

昨日、貫多は港湾人足の作業を終えると、まずはアパートに戻ってきて、久方ぶりで近所の銭湯で湯につかったのちに、これも数日ぶりかで酒を飲むことにしたのである。そのとき彼の懐中には、その日受け取った日当と併せて約六万円もの金があった。これは、貫多としては異例のことに、ここ数日来、たて続けに人足仕事に赴き、好きな酒も飲まずに貯め続けたものであった。いったいに貫多は中学を出て家も出て以来、学歴や年齢上の制限もあり、このての日雇い仕事を主として生計をたてていたが、これまではその労働も、根が怠け者の彼には毎日のことではなく、せいぜい週に三日、多くても四日がいいところのものであり、その日の給金はその夜のうちにほぼ費消してしまう、あの日払い特有の悪弊にも、彼はあっさりと嵌《は》まり込んでしまっていた。それが為、その独居のしょっぱなから家賃の支払いは遅れがちになり、昨年、彼が最初に借りた、鶯谷のラブホテル街の一画にあった三畳間のときは、四箇月分を滞納した上で追い出され、以降の雑司が谷の鬼子母神近くの四畳半と、椎名町の三畳部屋も、それぞれ同様の理由で半ば強制的に退去させられる始末であり、母の克子からせびり取ってきた金で再び鶯谷の、今度ははなの所とは逆方向の入谷方面にあった、月額一万円の三畳間に転宿してきたのはこの五月からのことだったが、その部屋はこれまでの一年余の間に彼が借りた四部屋中で、もっとも最寄りの駅から遠く、陽当たりも劣悪な環境ながら、礼金が要らず、初期費用の総額が三万円だけで済むことに魅力を感じ、とりあえずの仮住まいのつもりで棲みだしたのであった。が、その貫多もその頃になると、何かそうした自分の生活を、はなの根っ子のところから変えてみる必要性を感じていた。社会に出て一年余、その間、余りにも無為にうち過ごした自らの無策ぶりを思うにつけ、さすがに、ちょっとしたあせりじみたものを覚え始めてきていたのである。

　それにはまず、作業内容がきつすぎて、結句《けっく》稼働日数にムラの生じる、その悪循環な人足稼業からはすっぱりと足を洗い、せめて人並みに近い日常スタイルに準拠した生活、そしてそれを維持し得るまともなアルバイト業種に就きたく思い、その為には何よりも日当を貯め、いっとき、暫定的に週払いの工場か何かに移ったのち、次にはそこで得た金を元手に長く勤められる月払いの仕事に就き、やがてそのひと月毎の収入間隔に慣れた頃には、せめて台所と閑所ぐらいは専有した広い六畳間に移って、そこから改めて自分の青春の日々を始めてみたい、としきりに夢想していた。そして、その夢想が俄《にわ》かに火急の実行、実現にさし迫られたと云うのは他でもない、彼が佐久間悠美江《ゆみえ》と知り合った為であった。その、十日ばかり前からめでたくつきあうことになった彼女と、どこまでも人並みの男女交際をなし得る、もろもろの環境整備の費用を捻出する為にも、かの実行、実現は急務のこととして、根が怠惰にできてる貫多の労働意欲にも、一気に火がついたのである。

　ところで、その第一段階たる日当のプールを無事に終え、ついで翌日から週払いでのアルバイト先を探す段になると、彼はふいと、折角六万円もの金があるのだから何かこの辺で一度、心おきなく酒を飲みだめし、おいしいものも食べておいて、また明日からの節約生活に備えておこうか、なぞ云う、いつもの心の緩みがこのときも出てきてしまった。それはひとつには、昭和五十九年の夏のその日は、貫多の十七回目の誕生日にもあたっていたのである。

それで彼は六万円の内から二万五千円だけを自分の奢汰《しゃた》の為に費消することを決めると、歌舞伎町に出かけてゆき、それ目当てに嫌いな銭湯にも入ってきたのぞき部屋にまずとび込むと、二千円の追加を払って指で一本ぬいてもらい、次に五千円を出して、ファッションマッサージで今一本ぬいてもらって理性をリセットしてから、なるべくゴミゴミした安そうな居酒屋で、自らの誕生日と明日からの新たな門出をひとりで祝ったのである。そして終電で鶯谷に戻ってくると、今度はその北口の、終夜営業の店で三時近くまでグダグダした挙句、いい加減泥酔して帰路についたのだが、アパートの共用の関所までの、もうしばらくと云うのが我慢できず、その手前の家主宅の玄関脇に、胃の中のものを盛大にぶち撒けてしまったような塩梅だったのである。

その貫多は、そんなものを他人様に片付けさしてしまったことを申し訳なく思いながらも、一方では、もはやひとりぽっちでこれは一杯いくら、これは一皿何百円、なぞ、ちまちま計算しながらのケチな酒ではなく、一日も早く悠美江と、も少し上等な店で頻繁に差し向かいとなれる日々に入れることを改めて夢想しつつ、汗をダラダラ流して鶯谷の駅へと急ぐのであった。

　さてそんなにしてすでに通勤ラッシュも過ぎたそこに着き、売店で目当ての日刊の求人雑誌を購《もと》めた彼は、まだポケットには昨夜の小豪遊に費《つか》った余りの金が残っていたので辺りを見廻し、めったに行かぬ喫茶店の、一番涼しそうな所を選んで入り込んでいった。

　小金を持つと殿様気分になるのが貧乏人の常だが、彼もご多分にもれず、そこでソーダ水の他に、朝食としてトーストにナポリタンまで誂《あつら》え、買ってきた求人雑誌をおもむろに眺めていったが、いつもの短期アルバイトの項はとばして、とにかく週払いで給料をくれる所を、丹念に探していった。だが、そうした条件を備えた募集はどれも採用資格が〝十八歳以上〟だったり、〝高卒以上〟だったりする。それら、たかが職工の下働きや、倉庫内の、いわゆる倉土方みたいな業種のものでさえ、高卒以下、いわんや中卒なぞはまるで白痴と見なしている風だから、事務系職の項で求められている採用資格なぞは推して知るべしで、これに貫多の指先は自然とまた日雇い系の方のページをはぐらざるを得ない形勢になっていったが、中には〝学歴不問〟とあるのに束の間小躍りしながらも、すぐとそのあとへ〝要普免〟と記してあって、その数多《あまた》の募集広告は、なかなかに彼の一喜一憂を喚起せしめるものでもあった。

それでも、半ば諦めかけて注文した食べ物を口に運びつつ斜め読みしているうちには、ようやく一箇所、向島方面で、彼も採用基準に含まれ、こちらの条件にもかなっている、年齢、学歴不問のありがたい印刷所と云うのがあった。ただ一点、〝経験者優遇〟とあるのが気になったが、それだけに一刻も早く自身の雇用される意志を先方に伝えねば、と貫多は席を立ち、店のピンク電話から、そこに記載されている電話番号へすぐさまかけてみることにした。するとその電話口にでた老けた感じのしゃがれ声の持ち主は、とにかく今日、これからすぐ面接に来てくれとのこと。それだから貫多は喫茶店のウエイターからボールペンを借りて、かの求人雑誌の巻末に付いてた履歴書を書き込み、それを切り取ると、残った食べ物と飲み物を大いそぎで片付け始めたのである。

無論、その彼は、もう今日のうちには例の計画の、第二段階の門をくぐれそうなその気配に、いやがうえでも期待を高めざるを得なかったが、さて、それからたっぷり四十分を要して、その小ぢんまりした印刷所に到着してみると、事務室らしい一隅で向かい合った、先程の電話の主でもあるらしいそこの責任者は、貫多の余白の多い履歴書からすぐ目を離すと、急に警戒するような顔付きになり、彼の中学をでてからこれまでの職業の変遷をうるさいぐらいにあれこれ尋ねてきた。そしてその挙句に、

「十七歳では、未成年どころの話じゃないね。雇用には、いろいろと規制もあるし……」

なぞ言いだすので、貫多は募集要項には年齢不問とあったことを、おそるおそるで口にすると、

「それは上限の方……四十代、五十代、さらには経験者ならば、それより上の世代の人でもかまいませんよ、というのを指したもので、十八歳未満を歓迎するって意味じゃないんですよ。十八歳以上というのは大抵どこでもそれが原則になってるんだから、そこまでは広告に説明してなくても、普通はわかると思うんだけどね……」

と、苦笑いを浴びせてくる。

それでも一応、履歴書は預かり、採用の可否は後日連絡します、なぞとも言い、貫多ははな出してくれたムギ茶を飲む間も与えられずに出口を指し示されたが、無論、そんなのは実質断わりの意味であり、万一今日の、安からぬ費用をかけての募集広告で誰も集まらなかった場合には、仕方がないから再検討した上で様子見程度に雇う可能性もありますよ、との狡い含みを残したものであるぐらいのことは、さしも根が魯鈍《ろどん》な彼にも読み取ることができていた。

貫多はそこを出ると、先程の意気込みとは真逆の暗い気分でもと来た道を引き返し始めたが、そう云えば彼は昨年、やはり求人雑誌に載っていた、どこぞの新聞社の傘下会社みたような所で、新聞の販売拡張員の募集の、日払い可、とあるのにつられて出かけていったことがあったが、その面接は、何んでも京橋辺のビルの一室に二、三十人も集められてのものであり、話を聞いているうちに何かどうも勝手が違うことに気付いたのだが、ひととおりの説明を終えたそこの社員が、ここまでの話で、もし不適格な職種だと判断した人はどうぞ退出して下さい、ただここまで来るのにかかった交通費を一律で五百円支給するので、並んでお受け取り下さい、とも言うので、その示された方に彼も並んでいると、貫多の前にいた者たちは皆、その際に学生証を提示して五百円札を受け取っている。そして彼の番にきて、そこで初めてそれが奨学金制度の大学生のみを対象とした特殊な募集であったことを知り、実際そうした制度のことも、言葉の意味もそれまで知らなかった彼は、その途端ドッと場内にわいた爆笑を背に、そこを逃げるようにあとにして、後日に至ってこの赤っ恥に輾転反側《てんてんはんそく》としたものだったが、何やら今日の面接はこのときに次ぐ屈辱のような気がしてきて、貫多はだんだん腸《はらわた》が煮えくり返ってきてしまった。それならそうと、最初の電話のとき彼の年齢だけでも確認すれば良いものを、とんだ手間と足賃の無駄費いである。

それだから貫多は、その悔やしさに心を乱したまま、無闇に足を早めてズンズン歩き、もはや電車は使わず、いつかそのまま吾妻橋の袂《たもと》の所までやってきてしまったのである。

そこで彼は自分が汗みずくになっているのに気が付き、橋の中程で足をとめると、しばらくの間、灼《や》けた欄干に両肘を置いたり外したりを繰り返しつつ、そよとの風も吹かぬ汚ない川面を眺めていた。

今日はもう、このあと職探しと云って続ける気も起こらず、入谷のアパートに戻っても、あの室内の暑さと隣りの工場の古びた騒音とでは、とても眠ることもできぬであろう。求人誌は日刊とは云え、その内容に大きく異同があるのは殆《ほとん》ど週単位のことだったから、所詮おれと云う男には所期の、あの程度の希望すらかなえることができず、この数日中にはジリ貧に手持ちの金を失った末に、結句はまたあの厭《いや》ったらしい日雇い港湾人足に出てゆく他はないのだろうか、そしてまた当分はあの悪循環なその日暮しを無為に経《た》ててゆかなければならないのだろうか、とも思えば、彼はこの世がひどく情けない、寂しくてたまらぬところだとの幾分感傷めいた感懐が、このときは妙に惻々とした実感を伴って身の内から這いのぼってくるのを覚えたが、ふいと眼前の鉄橋を、東武電車が徐行しながら至極ゆっくり通過してゆくのが視界に入ると、貫多はここが浅草であったことを今更ながらに思いだした。

彼は幼児の頃からその界隈が好きでもあった。それなら涼をとる意味でも、今日はもう、あの煙草の煙りが立ちこもる六区の三番館で、日本映画の三本立てを見て半日を過ごしてしまおうかと、その思いつきに急に元気を取り戻して橋を渡りきり、映画街の方に改めて歩を進めていったが、その途中、とある大通りに面した酒屋の、そこの両脇を酒とビールの自販機に挟まれた入口のガラス戸に、アルバイト募集とある、えらく大きな貼り紙が、ひょいと貫多の目についた。

そのマジックペンで書かれた紙には、わりと細かく条件も提示してあり、何んでも時給は八百円で時間は応相談、仕事内容は自転車と台車による酒類の配達、及び品出しとあって、面談即決、但《ただし》十八歳以上と云うことである。

これを見た貫多は、今しがた荷役人足への振り出し戻りを憂いた折も折だけに、唐突に救助船にでも出っ食わしたような気分になり、こうした浅草の町中で働けるのも大いに望むところだし、見たところ個人商店でもありそうなので、採用ののちにひと月をしのぐ金のない事情を話せば、それは給料の前借りなり週払いなりの暫定処置をとってくれないこともないであろう、とも考えた。そうしたこちらの苦境に手を差しのべてくれそうな、人情味のあるアットホームな雰囲気が、その適度に年季の入った店のたたずまいからは充分に感じられた。そこでまず文具店を探して履歴書を購め、ついでに鉛筆を貸してもらってその場で記入を始めたが、この日二枚目となるそれは、経歴欄と云っては卒業した小、中学校名を二つ書き込むだけなので全く手間はかからぬ。が、貫多は今度は生年をひとつ繰り上げ、年齢を十八歳と偽ることにした。最前、貼り紙を見たときから、そこだけはこの際詐称する決心を固めていたのである。そして要心の為、自分の干支《えと》である未《ひつじ》のひとつ前は午年《うま》であることを頭に叩き込むと、また大汗にまみれてかの酒屋に引き返していった。

　そこの自動ドアになってるガラス戸の前を二、三度行きつ戻りつして中の様子を窺ってから、思いきって店内に入ってみると、そこは八坪ぐらいの小ぢんまりした店舗で、奥のレジ台の内側に四十前後の女性がひとり座っていた。来意を告げるとその女性は自らの横の丸椅子を少し離した所に置いてすすめてくれ、会話らしい会話はないまま二十分程も待たされたのちに、やがて四十代の精悍《せいかん》そうな店主が表から戻ってきたが、その店主は貫多の差し出した履歴書を一瞥《いちべつ》しただけで、学歴、職歴の不備には何もふれず、中学のときはどんなスポーツをやっていたか、とか力仕事に自信はあるか、と云うようなことのみを尋ね、

「何しろ、体力仕事だからね……上背もあるし、がたいもいいから、まあ大丈夫だろう。慣れるまではビールケースも、せいぜいが一ケースを紐でしっかりと荷台にくくりつけるけど、すぐに二ケースぐらい紐なしで後ろ手に押さえて行ってもらうことになるから、せいぜい覚悟して、明日から来てみてくれよ」と、あっさり採用

してくれることになった。他に学生のアルバイトも三人いるらしかったが、それらは皆学校の都合を優先してシフトを組んでいるので、貫多には通しの常駐でやってもらいたいとのことであり、無論彼はそれに異存もなく、年齢詐称のことも忘れてひどく満ちたりた思いに包まれ、この雰囲気の良さそうな、明日からの新たなバイト先をあとにしたのである。そしてすっかり余裕の心持ちで映画館に入ると、夕方まで涼んでからアパートに戻ってきたのだが、その夜、九時半を過ぎた時分に、家主の老婆が彼の部屋の戸を叩き、半ば怒気を含んだ声で、悠美江から電話がかかってきていることを告げてきた。

「――夜は九時までにしてくれって言っておいたのに……次からは、もうこんな時間のは断わりますからね」

と、釘をさされたのは、このアパートの呼び出し電話は、別棟の家主の家の玄関内に置いてある自家用のもので、無論、こちらからはそれを自由にかけることは許されず、呼び出しも、一応緊急の用事のときのみ、取りついでもらえるものであった為だ。

その悠美江とは、貫多は十日ばかり前の土曜の午後、上野の昔の赤札堂《あかふだどう》のところで声をかけてお茶を飲み（彼にとってはそれは初めての成功例だったが）、翌日も午後からその界隈で待ち合わせ、夕方までを過ごしたものだが、その際、無論携帯電話なぞ普及してないその頃であれば、先方の家の電話番号を教えてはもらっていたものの、高校生の彼女には親が厳しいとかでこちらからはかけられず、仕方なく悠美江が親の目を盗めたときに、彼女の方からこのアパートの呼び出し電話にかけてもらうことにしていたのである。

電話は、傍らの襖の内側にいる家主の耳もあり、今週末の約束の確認めいたことを中心に、ほんの二、三分程で切らざるを得なかった。

貫多は家主に礼を言って表に出ると、その背後に早速鍵をかける乾いた音を聞きながら、早く金を貯め、電話を取りつけるだけではなく、そこに当の悠美江も呼び寄せることのできる、人並みの部屋に移る必要を改めて痛感した。

さて、翌日から貫多はその酒屋で働き始めることとなった。

その仕事は、はな店主が言っていたとおり、確かに肉体労働には違いなかったが、実のところ港湾人足作業時の、一塊三十キロ程ある冷凍タコの固まりを、夕方までひたすら抱えては積みかえる悪夢みたいな作業の連続性に比べれば、それは全く楽な、まるでひと息もふた息もつけるもの。と云っても彼は、初日は三人いるうちのひとりの学生バイトの後ろに終始つかされ、ただ右往左往するばかりだったし、二日目には早くも空壜《からびん》だからと、紐をかけずに自転車の荷台に積んだビールケースを、カーブを曲がった際、押さえきれずにふり落として路上に大破させ、店に戻ってから箒《ほうき》とゴミ袋を持たされて再びその場へ後始末に行かされたりもしたが、五日も経つとだいぶ要領も飲み込み、後ろ手で荷台のものを押さえながら左手一本の自転車を駆り、メトロ通りなぞの人の間をすり抜けてゆく芸当も、楽々こなせるようになっていた。

配達は一般家庭もあったが、主としていたのは飲食店への納品で、今はどうかは一切知らぬが、その頃はまだそれが昔ながらのスタイルなのか、午前中、取り引きのある食べ物屋の勝手口から、全くの御用聞きの口上を述べて入ってゆき、酒類の減り具合を勝手に調べてメモに書きだし順番に廻りつつ、ときにはその店の料理人から業務用の酢や醤油の注文等を口頭で受け、午後から一斉に各々の不足補充分を配達するのが基本の流れみたようなものであった。貫多はそのとき初めてそれら料理屋や寿司店なぞの調理場と云うのを目にしたが、中には随分と名の通った店も含まれているらしく、彼ははな店主から、そうした店では特に挨拶に気を抜かぬよう固く言い渡されていた。また、そうした店には調理場にいる人数もやたら多く、彼と同い年ぐらいの見習いみたいな者も少なからずいたが、ある店ではそんなうちのひとりが、朝から馬車馬みたいにこき使われている光景をしばしば目にした。御用聞きの相手をし、伝票にサインをするのもその少年の役目だったが、普段、上の者から叱られてでもいる反動なのか、その貫多に対する態度や言葉遣いは異様に横柄なものであった。貫多の他の三人の学生バイトも年上ながら同じ態度であしらわれているらしく、その少年のことを、〇〇屋の低能、なぞ陰で呼んで笑っていたが、貫多はむしろ三人の学生バイトよりも、そんな少年の方にインチメートな感じを抱き、その店の配達は率先して行ったものであった。

そして十日も過ぎた頃には、彼の日雇い時に貯めた手持ちの金も底をついたので、当初の目論見《もくろみ》どおり、彼は店主に少しの前借りを頼んでみたところ、店主はカラリと笑い、貫多のダラしなさをからかう口ぶりを弄しながら、三万円を渡してくれた。

この店主はその酒屋の二代目であるらしく、すでに両親とも他界し、店を手伝う奥さんと小学生の二人の息子とともに、住居にしてある店の二階と三階部分に起居していたが、またえらく子煩悩な人で、それだけに他人に対する面倒見も良く、夕方になると、しばしば奥さんにハンバーガーを買ってこさせて、自分の子供と、ついでにアルバイトにも腹ふさげとしてふるまったりなぞし、自分が食べたいときには大抵彼らも連れて近くの立ち食い店で、天ぷらそばを奢ってくれたりもした。また、店が終わるとすでに何度か外の飲食店で未成年にも酒を飲ましてくれる風通しの良さを示してもくれ、そのおかげで貫多は初めて神谷バーや、まだ巨大な黄金色のオブジェが横たわっていなかった頃の、吾妻橋際のビヤホールにも足を踏み入れることができたものであった。根が飼い犬根性に甘んじやすいところのある貫多は、何かこの居心地の良さなら、一生この酒屋で店員をつとめてもいい、なぞ云うふやけた気持ちすら起こし始めていたが、そうなると彼は次第に悪慣れもしてきて、年上の学生バイトとの受け答えに、ふいとタメ口を叩いてすぐ言い直したり、朝、五分から十五分ぐらいの遅刻を、三度四度と繰り返すようになってしまった。

そして、最初の給料日まであと五日と云うところにきて、またすっかり金がなくなってしまうと、貫多は再度前借りを申し出たが、予想に反して今度は店主もいい顔を見せず、逆に、入った最初の月の、僅か二十日程の間に二度も前借りを頼んできた貫多の不心得をひどく詰《なじ》り、「若いうちからそんな習慣がついてちゃ、将来ロクなことにならないぞ」なぞ、懇々と諭した上で、ようやくにたったの五千円だけを出してくれたが、その際、今後こうしたことはめったに受け付けぬ旨を厳重に言い含められてしまった。

これに貫多は、このむしろ親切心からの苦言を逆恨みし、かの店主に対して初めて怒りを感じた余り、すでに働いた分の賃金の一部を、少し前倒しして貰うことに何んの問題があるのだと云う意味の屁理屈を、つい、ポロっと口走ってしまった。店主はこの貫多の言い草に、一瞬顔色を変えたものだったが、貫多にしてみるとその二日後の日曜日に、また悠美江と会う約束をしているので、少しでも金が必要だったせいもあったのだ。

無論、店主はそれ以上の金は出してくれず、さらに話をこじらせれば彼はクビを言い渡されそうな不穏な雰囲気も漂いだしたので、仕方なくその日は七時の閉店時刻になると、店主に不貞腐れた挨拶を残して店を退き、貫多はその足で都下の町田に住む、母の克子のもとに出かけることにした。

　貫多は元来が江戸川区の殆ど浦安よりな、ドブ潮臭い町の生まれ育ちだったが、小学五年のときに運送店を営んでいた父親が刑事事件——初犯ながら実刑七年の判決を受けることになった罪を犯し、それがとてもその地には住み続けることのできぬ類の、ハレンチ極まりないものだったこともあり、夜逃げ同然にして引っ越したあとは、すぐと離婚の手続きを進めた母のもとで、彼は三つ上の姉ともども、かの地で中学生活を過ごしたものであった。が、余りまともな中学生ではなかった彼は、卒業と同時に就職もせず家をとびだしたことは先にも述べたが、その後金がなくなると、横浜の大型スーパー内に入っている子供服のメーカーで、雇われ店長をつとめていた母の稼ぎを狙い、頻繁に小遣銭をせびりに〝帰宅〟してもいたのである。

それでこの日もまたいくらか強奪すべく、地下鉄と国電と私鉄を乗り継ぎ、九時近くになって、つい先月にも〝帰宅〟したばかりの鉄骨アパートの二階に辿り着くと、ちょうどその少し前に戻っていたらしい、そのとき四十二歳の克子は、玄関口にあらわれた貫多を見るなり、その顴骨《けんこつ》の張った細おもてに、露骨に怯えに似た色を浮かべてみせる。

貫多は二、三年前より克子のことを、「オイ、ババア」とふざけた呼び方をし、何事も高圧的な口調で命じ、理不尽に弱者をなぶる狂王じみた態度で周囲にも接するようになっていた。すでに母や姉にも、何度か手を上げていた。その昔、病的なヒステリー病みで、激すると小学生の貫多の腹を蹴り上げていたような克子も、そんな彼のことを次第に諦めきっていったようでもある。

貫多は室内に入ると、そのクーラーの弱いのに気付き、それを最強に切り替えさせ、ついで克子に三本の缶ビールとハイライトを買ってくるよう命じたのち、まだ自分の学習机が傍らに置いてある居間に腰を落ち着けた。やがてビールと煙草を手にした克子が無言で戻ってくると、その財布を取り上げ、虎の子であるらしい二枚の一万円札をまきあげる。そして今夜は涼しいここに泊まることにしたが、翌朝起きてみると、克子は一睡もしなかったらしく、居間に昨晩と同じ格好のままで座っていた。姉は、昨夜もまた帰宅した形跡はないようであった。

ところで、二万円をせしめた貫多はその朝、再び逆戻りで酒屋に出勤していったが、昨日の彼の物言いや態度は、何かいっぺんに店主や他の店員の不興と不信をかったものらしく、あきらかに前日までとは違った、排他的な目を向けられていることが、ヒシヒシと伝わってくる。

さらには、閉店間際になると、店主は、昨日以来着続けで汗が染み込み、貫多自身、その悪臭に気が付いていたTシャツの袖をちょっとつまみ上げ、

「これはもう、捨てるか洗濯するかしたらどうだ」

と、苦々し気に言い放ち、尚と、

「きみは風呂に入ってるのか？　近くに寄るとヘンな匂いがするぞ」

なぞ、それまでにない、妙に思いきったことを冷たい口調でほき捨て、貫多を大いに困惑させるのであった。

また、そうなると彼の方でも、生来の歪《ゆが》み根性が再度頭をもたげてくるのを止めることができず、それまでは、かの失言以外は普通に目上の者として接していた店主や他の店員とも、必要以外の無駄口は利きたくなくなってしまった。午前中の御用聞きにもつとめて笑顔を作らぬようになったが、無論、そんな貫多の態度を、いつまでも店主が黙って見逃がしているはずもないことは彼自身、気が付いていた。

貫多は、このままでは早晩クビを言い渡されるに違いない不安に、はな自分の立場をわきまえきれずにいた愚を後悔し始めながらも、一方で何かすぐとそれを改める

ことができぬ、妙な感情に鬱々とした数日を経てたが、そうなるとそんな彼の唯一のなぐさめは、あの悠美江だけと云うことになってくる。

が、それも四度目の逢瀬で肌を重ねた際、何か予想外のひどい幻滅を感じてしまうと、いっぺんでこの女に対する興味も吹きとんでしまった。

そのとき貫多は、いわゆる素人の女体を知るのは初めてだったから、そうしたことが確と判ろうはずもないのだが、少なくともその乏しい知識の範囲内で照合すれば、悠美江はすでに処女ではなく、これが彼には少々意外だった。悠美江は決して魅力的な容貌ではなく、まず可愛いとか美人とか呼ばれるタイプではない。目が細くて顔の大きい、固いジャガイモみたいな感じの娘であり、それだからはな貫多も、これなら簡単になびきそうだと考え、声をかけてみたのである。

もっともそれは、とあれ一刻も早く普通の女性と仲良くなりたい願望にあせり、一日も早く素人の女体を、暫時専有してみたい慾に憑かれていた貫多にはさほどの問題ではなく、それよりもいかにこの娘の各所が、妙に生々しい不潔さにみちあふれていたかと云う点の方に、一層の失望を感じてしまったのである。それは彼女も同じ十七歳だったから、そうした年代特有の必然的現象なのかもしれぬし、持って生まれた体質のなせる業だったかもしれぬのだが、悠美江の薄いパープルのショーツには、はな大量の膿汁《のうじゅう》かと思った程の、真っ黄色な分泌物がべっとり付着しており、その吐息も、何かが発酵したような悪酸っぱい匂いがした。それにシャワーを使った直後にもかかわらず、秘部も臍も思わず顔をそむけざるを得なかったし、その日、素足にビーチサンダルみたいなのをつっかけていた彼女の足指にも、黒いゴミめいたものが爪の中に入り込んでいた。最後の方ではその股間の奥から微かに糞の匂いまで鼻をついてきたのには、さしも好色な貫多も胸が悪くなった程である。それまで彼が体験していた風俗嬢は、皆プロだけあって、そこまでの異臭を放つ女性がいなかっただけに、この、いわば初めてと云える、生々しさの衝撃は大きかった。

悠美江は、ことが終わるとジュースを欲しがり、自ら立っていって冷蔵庫をあけ、戸棚から栓抜きとコップを取りだして勝手にやりだしていたが、その一連の動作は何度もこうしたラブホテルで繰り返してきたような無駄のない、実に手慣れた感じのものであった。

ところで貫多は、彼女に対する愛情が急速に薄れると、その所期の、彼女との交際をより充実させる為のデート代稼ぎや、自室への宿泊環境の整備なぞ云う目的も、何かどうでも良くなってきてしまった。しかし、別段彼女が憎いと云うわけでもないし、折角に得た女体を、自らすぐと手離す馬鹿もないので、それならば次に新しく恋人ができるまで、悠美江を大いに利用してやろうか、と考えた。これから自分には、心底から本当に愛しく思える、可愛い恋人といくらでも出会えるチャンスもあるだろうから、その日まではこの小汚ない悠美江を一種の「練習台」として、いろんなことを試してやろう、とも考えたのであった。

その臭さを我慢できれば、他の大抵のレベルには動じなくなるだろうし、またそれに敢然と挑みかかってゆくことが、自らの女体修業のひとつのようにも思えたのである。

その彼は、月末に支給された前借分天引きの最初の給料も、僅か一週間程で残り少なにしてしまうと、また母の所へ金をせびりにゆくことにした。

この日、克子はまだ帰宅していなかったが、合い鍵を使って中に入り、取りあえず家《や》さがしみたいなことをしたが十円の金もなかったので、貫多はそれからテレビを眺めたり、いっかな帰っている様子もない姉の部屋に入り込んで机の抽出しの中を調べたり、またテレビをつけるなぞしてその母親が戻ってくるのを待っていた。

するうち、ここに悠美江を呼んでみようか、と、ふいと思いついた。あれから彼女とは再度肌を重ねていたが、当然親がかりの彼女の家ではことに及ぶこともできないし、貫多の扇風機はおろか布団すら持たぬ三畳間では話にならぬので、二度目の行為も前回と同じく、夕方の四時から池袋は西口のラブホテルに入ってのものだったが、そのホテル代は、貧乏人の貫多にとってはバカにならぬものである。しかしここならば、とあれ風呂も布団もあるし、クーラーさえ付いている。どうせ克子は夜までは帰ってこないのだから、まだ学校の夏休み期間中である彼女を、明日にでもここに呼び寄せ、ホームグラウンドでたっぷり「練習」に汗を流せば両得になるではないかとの思いつきが、俄かに名案のように感ぜられてきた。

それで、まださして遅い時間でもないところから悠美江の家に、こちらからするのは初めてとなる電話を思いきってかけてみると、はな、その母親らしい女の声がでて、警戒するような口調でもって、用向きを尋ねてきた。これに貫多はしばらく口ごもった末に、学校のことでこの時間に電話する約束をしてるんです、なぞ云う大嘘をつき、怪しまれながらも本人に代わってもらえたが、その悠美江は開口一番、

「どうしてかけてくんの。かけるときはこっちからするって決めてあんのに」と、低くひそめたような声で早口に言ってくる。

「どうしてって、急用だからよ」

「じゃ、あとでか、明日かにかけ直す。向こうに父親もいるから、もう今は本当にまずい」

「あ、ぼく今、アパートじゃなく、こないだ言ったもとの家の方に帰ってるんだ。じゃ今急いで用件だけ言うから、よく聞いててね。明日また会おうよ」

「別にいいけど」

「じゃ、明日はちょっとこっちに来ねえか？　少し遠いけど、十時頃にそっちを出て、新宿から小田急の急行に乗って町田の駅で降りろよ。そこの改札のとこで十一時半に待ち合わせよう」

「わたし、あんま遅くなれない。八時には帰ってないとやばいし、そんな遠くまで行くのは……」

「大丈夫だよ、いつもと同じ時間に帰れるようにするし、帰りはぼくも一緒に行くし。ね、改札口で十一時半。待ってるから」

「なら、行けたら行くけど、とりあえずもう切るよ。じゃあね」

と、ガチャリとえらく乱暴に切られ、一瞬貫多の頭に血が逆流したが、それでも悠美江の慌てている状況は理解できたし、とあれ用件も伝えきったので、彼はすぐと明日の期待感の方に思いをはせ、居間にゴロリと寝そべった。そしてふいに起き直ると、彼女の不器量な顔を思い浮かべながら、初挑戦するつもりの後背位のシミュレーションに没頭し始めたりするのであった。

ところが翌日、約束の時間になっても、悠美江はその場所に一向にあらわれないのである。

貫多は小一時間程も待ってから、公衆電話でその家に再びかけてみると、彼女は在宅しており、直接電話にでてきた。

「おい、どうしたんだよ。何んで家になんかいるんだよ」

今度は貫多が開口一番で早口にまくし立てると、悠美江は意外にもケロリとした声で、

「ごめん、やっぱ行けなかった」

なぞ言う。

「ごめん、じゃねえよ。ぼくはずっと待ってたのに……」

「だって行けなかったものは、しょうがないじゃん。きのうだって、あれから親にしつこく聞かれちゃったよ。誰なんだとかどういうつきあいなんだとか……男から電話がかかってきたことなんかないし、うちは親がものすごく厳しいんだからさあ」

「それと、今日来ねえのと、どう云う関係があんだよ」

貫多が尖《とが》った声をだすと、悠美江の方も俄かに険を含んだもの言いに変わり、

「断われ、って言われたんだよ。あんなもん、話の内容なんかバレたに決まってんじゃん。学校のことで、とか言ったみたいだけど、うち女子校だよ？　やるんなら、ちゃんと口裏合わせてからにして欲しいよ。かけんなって言ってあんのに電話なんかかけてくるからだよ。今は母親が外に出てるから話ができるけどさ」

「じゃ、今からでもいいから来いよ。約束しただろ」

「だから、行けねえっつんだよ。今日は一日中、家にいろって言われたんだから。

それでそんな遠くにまで行けるわけないよ」

これに貫多はもはや怒りを抑えられなくなり、

「だって、こっちはバイトまで休んじゃってるんだぞ。どうしてくれんだよ！」

怒鳴り声をあげたが、彼はこの日の朝、酒屋に電話をかけて高熱で動けぬ状態だから、なぞ仮病を使い、今日の逢瀬の為に仕事を休んでいたのである。

「なに言ってんの？　そんなのそっちの勝手じゃん」

「クビになったら、てめえのせいだからな！」

「…………」

「聞いてんのかよ！　クビになったらてめえの……」

「……聞いてねえよっ！」

悠美江は憎々し気に一喝すると同時に、電話を切ってしまった。

内心で地団駄を踏みながら、貫多はすぐさまかけ直したが、いくらコール音を鳴らしても、もう悠美江はそれにでようとはせず、少し間をあけながら何度かかけ直しを続けると、やがて「はい」とその母親らしい、ヘンに毅然《きぜん》を装った感じの声が出てしまったので、彼は慌てて切ると、口の中で悠美江を激しく罵《ののし》った。

もうこれであの女とはダメになってしまったことを痛感した彼は、そのままとぼとぼ小田急の乗り場に向かい、全く打ちひしがれて鶯谷に戻ってきたが、そうなった以上、彼に残された救いはもはや酒しかなく、駅前の飲食店でまだ日の高いうちからヤケ酒を呷《あお》り、夜遅くにアパートに帰り着くと、今度は共用便所の金かくしの上に吐瀉物をぶち撒ける、不様この上ない態《てい》であった。

そしてすっかりやたけたな気持ちになった貫多は、翌日は酒屋を無断欠勤して、飯田橋の名画座で半日を過ごしてしまったが、夜になって体内に残っていた酒もやっと醒めきったものか、その無断欠勤をしたことが急にひどく後悔されてきた。

で、翌朝はいつもより早目に店に行ってみると、店主は、まず型どおりの詫び言葉を述べようとする彼を店のレジ台の奥に呼び込み、そこの丸椅子に座らせた。

「――もう、体の具合はいいのか。きのうは連絡もないし、いよいよ熱でくたばったかと思って、ずいぶん心配したんだぞ」

「はあ、もうすっかりいいんです」

貫多が覇気のない調子で答えると、店主はやや口調を改めてきた。

「ただ無断欠勤というのは、どこでもそうだけど、絶対にやってはいけないことなんじゃないのか？　今日はこうやって出てこられたんだから、きのうだって電話の一本ぐらいできないことはないだろう」

「はあ、ぼくんとこはアパートの近くに公衆電話がないんで、熱が完全に引いたら通りの方まで行って、そこでかけようと思ってるうちについかけそびれました。風邪薬が効いて眠りこんでしまったものですから……」

店主はその貫多の顔を、じとっとした眼付きで眺めていたが、

「履歴書に書いてあったアパートの電話番号にかけて、大家さんに呼び出しを頼んでみたら、なんだか出かけてるみたいで部屋にはいない、って言われたぞ」と、皮肉っぽく言う。

「…………」

「夕方、もう一度かけたら、まだ戻ってきてない、って言われたぞ」

「…………」

店主はまたしばらく貫多の顔を睨んでいたが、やがて語を継ぎ、

「いったい、きみはやる気があるのか？　ここ最近は配達に行くのも面白くなさそうな顔つきで行くし、きのう俺が廻ったお客さんの所では、きみの目付きが気に入

らないって、ずいぶんと聞かされてきたぞ。ありゃなんだ、とまで言われたよ。やる気は、あるのか？」

「……あります」

「いくら腰かけ気分のアルバイト仕事でも、前借り、遅刻、無断欠勤とやりたい放題にやられたんじゃ、どんな所でもすぐにクビにされてしまうぞ……今日から、そういった態度を全部改めるんなら、うちでは今までどおりに働いていてもらいたいんだが……」

「……すみませんでした。改めます」

「本当に、改められるか？　絶対に、改められるんだな」

「はあ」

「それならばまあ、信じることにしてみようか。折角縁があってこうして来てもらっているんだから、お互いに信用しあってやっていくことにしようか」

「はあ」

「……それと、うちも言うまでもなくお客さんあっての商売をしてるし、そのお宅に配達にも行かせてもらってるんだから、もうちょっときみはマメに風呂にも入って、清潔にしていてほしいんだよ。実はきみには言わなかったが、この間、あるお客さんから苦情が来てな。きみの、靴をぬいだ足が臭くて、なんだかその家の中を通ったあとが気持ち悪いから、玄関から台所まで雑巾で水拭きまでしたそうなんだ。それで大変な思いをしたから、もうこれからはきみは寄越さないでくれ、必ず誰か別の人に配達させてくれって言われちゃったんだよ。この辺の人は、そういうことを遠慮なく言ってくるからな。俺まで恥ずかしい思いをしたよ」

これを聞いて貫多は思わず顔を上げ、最近、配達先で靴を脱いだ一般家庭はどこだったろうかと記憶をたぐってすぐ思い当たり、そこでようやくムカっ腹が立ってきた。そして自分の足元に目を落とし、かれこれ一年以上はき続けているスニーカーのなれの果てみたいなものを見たら、何んとも云われぬ恥辱感が湧き上がり、これまでの鬱憤ともども、急激にはけ口を求めて噴出してくるのを感じてきた。それでつい、あとのことを考えず、

「それだったら、もうぼくは辞めさしてもらいます。そんなことまで陰で言われてるんじゃ、いくら何んでも立つ瀬がありませんからね。それに、ぼくの為にそんな恥ずかしい思いをさせたと云うんなら、それは大きに申し訳ありませんでしたね。

だからぼく、この際辞めます。辞めて、お詫びをします。辞めれば、文句はないんだろう？　こんな所からは一刻も早く消えてやるよ」

「…………」

「ぼくを迷惑がったって云う、そのジジイのとこにも、謝まりに行けと言うんなら、ついでのこの足でもって、ちょっと謝まりに行ってきましょうか。『おかげさまで、クビになりました』って。もしかしたら謝まってるうちに、ついジジイをゴキブリと見間違えて叩き殺してやっちゃうことになるかもしれませんけど……でもまあ、それはぼくの手に汚ねえ汁がひっ付くからやめておきましょう。そのかわりと云っては何んですけど、そちらもまた来られたんじゃ迷惑でしょうから、互いの為です。今、すぐと日割の給料を計算して、この場できっちり払ってやって下さい。もはや前借りでもないんだし、他へのしめしがつかねえってこともないでしょうからね。それ貰ったら、ぼく、すぐと消えちまいますから」

歪み根性を全開にしたことを口走り、もはや何か言う気もなくなったらしい店主が無言で日割計算を始めたのを待っている間、貫多はこれまでの様子を傍らで見ていた二人の学生バイトが、この最後の機会に、自分に何か文句をつけてくるのではないかと思い、睨みをきかせていたが、ついに彼が給料を受け取り、外に出るまで喧嘩を売ってもこなければ別れの言葉もないままだった。

貫多はヤミクモに足を早めながら、気まずい思いのままでそれっきりになってる悠美江のことが、何か無性に恋しくてならなかった。よくよく省りみれば、不器量だろうが小汚なかろうが、そんなことを言える資格は貫多にはまるでないように思えたし、そんな彼のことを一度は気に入ってくれ、仲良くなってくれたあの悠美江が、今となってはたまらなく大切な女性のような気がしてならなくなっていた。

(今度電話がかかってきたら、そのときは平身低頭で詫びを入れ、何んとか仲直りをしよう)と貫多は思い、自分の、彼女に対して傲慢だった点をひとつひとつ思い起こして、しきりに悔やんだ。

もともとが、貫多のワガママと助平心から端を発したような不仲なのだから、もう金輪際、悠美江のことを「練習台」なぞ云う嘗《な》めた考えは起こすまい、とも固く心に誓い、だから一刻も早く彼女が機嫌を直して連絡をくれるようになることを、彼は神にも祈ったのである。

そしてその願いは意外とあっさり通じ、翌日の夜になると貫多のもとに、唐突に悠美江からの電話がとびこんできたのだが、不幸なことに、彼はのっけから別れの宣告を突きつけられたのである。しかもその理由が、他に好きな男ができたから、と云うふざけたもの。

「前から、いいな、って思ってた他校の先輩なんだよ。優しいし格好いいしバイクにも乗ってるし……きのう、二対二で会って話してて、なんかつきあうことになっちゃったんだよね」

得々と言ってのける悠美江の、あのジャガイモめいた顔の造作を思い浮かべた貫多は思わず、「嘘だろ?」と叫んだが、悠美江はその言葉を自らの自尊心を満足させる方の意味にとったらしく、

「信じたくないかもしれないけど、これが現実」

なぞ、優越感たっぷりにのぼせ上がったことを言うのが、貫多の癇にたまらなくさわり、そうなるともはや彼は、こうしたおさとの出の尻軽女なぞに詫びを入れようとしていた自分の愚を、つくづく笑いとばしてやりたくなってきた。

その腹の底からこみ上げてくるドス黒い笑いに、昨日の酒屋で浴びせかけられた屈辱の、未消化な液体めいたものが混じり込む。

「——最後に聞くけど、ぼくの足って、臭いときあった？」

「え……ああ、あった」

「馬鹿野郎、てめえの股ぐらの方がよっぽど臭せえわ！　何が、あった、だ。何が、これが現実、だ。そんな台詞《せりふ》はてめえとこの、その鍵のぶっこわれた監獄みてえなバカ親に向かってほざきやがれ！　てめえの娘の、さんざやり散らかしてる現実も知らねえでよ、躾が厳しいが聞いて呆れらア。せいぜい親の目盗んで、今度はそのイカモノ食いの先輩とやらとハメまくってろい」

「…………」

「まあ、あれだ。てめえも今のうち、たんといい気になってるがいいよ。今は若い分だけ、ちったあチヤホヤしてくる馬鹿もいるかもしれねえけどよ、てめえなんざ十年経ったらせいぜいが豚みたいな男とくっついてよ、そのうち豚亭主と豚ガキの飯炊き生活にイヤ気がさしゃ、陰で淫売をおっ始めやがるのが関の山だろうぜ。ついた客が豚亭主だったら、尚とめでたいな。ざまあみろい、芋ブスめ！」

貫多はまくし立てるとガチャ切りし、すっかり溜飲を下げた思いで襖のかげから驚いた顔をのぞかせていた老婆に笑顔で礼を言い、自分の部屋に戻っていった。

しかしその三十分後には、うって変わった意気消沈の面持ちで部屋を出ると、駅前の、酒を飲ます店を目指してしょんぼり歩きだした。

歩きながら彼は今、自分が身も心も、何か沼めいた汚泥の中へ、すでに足を踏み入れてしまっているような不安に打ちのめされていた。ひょっとすると、もうそれに埋没しかけているのではないかとも思えば、この先の悲惨な末路の自覚に、チリ気立つ恐怖を感じた。唯一の救いはまだ若いことであり、これからの事と次第では何んとかその沼から這い上がることができるかもしれぬし、何かしらの道がひらけることがあるかもしれぬ。それに、女に関してだっていいことが少なからず待ち受けているに違いない、と僅かにそこに望みをかけ、今はアルコールの匂いを求めて悄然と暗い舗道を踏んでいったが、その望みが所詮はないものねだりの大いなる錯覚であったことを、後年貫多はつくづく、イヤと云う程にも思い知る羽目になるのである。

ところで貫多は、その四箇月後の師走の夜に、かの酒屋の店主と、雷門の交番の傍らで向かい合っていた。

一円の金もなくなり、日雇いの定員にも連日洩れたままその年内の仕事もなくなってしまい、これで丸二日間何も口にしていない苦しさから、あろうことかアパートから歩いてゆける距離でもあった酒屋のその店主に、彼は五百円の交通費を借りに行ったのである。

店主は貫多をその交番横へ先に向かわせ、それから少し遅れてやってくると、五百円でいいと云うのを、今回一度だけとの条件つきで三枚の千円札を握らせてくれた。そして全くの乞食を見る、憐れみと侮蔑のこもった目付きで貫多に励ますような言葉を二つ三つかけて店の方に戻っていったが、その貫多は、その後結句返済せずじまいに終わった三千円を握りしめると、矢も楯もなく牛丼屋にとびこみ、二杯の大盛を夢中でかき込んだのである。

そして人心地がつくと、その金を交通費とし、母の克子のところへ年越しの費用をせびりにゆくのだった。

春は青いバスに乗って

暖房は消灯後もゆるく作動していた。これなら胸より上に引きあげることもないと思うのだが、やはり三月末の薄ら寒さにいつか負けているのであろう、眼が覚めると汗と脂と涎に加え、小便の匂いまで沁み込んでいるその毛布に、肩からこっぽりとくるまっていた。

その朝もまた、これまで何十人が使ったとも知れぬそれを、いまいましい思いで体から引きはがし、腹の辺まではぐってから寝返りをうった。それぞれが壁際にそって敷いた布団に横たわる、他の三人はまだ眠っているようである。私は自分の肌着から毛布のそれと限りなく似た異臭が立ちのぼってくるのを感じ、こりゃ着替えを何んとかしなきゃいけないな、とひどく重い気持ちでため息をついた。

――私が××区にある、この警察署に連れてこられたのは三日前の夜、何んでもそれは十一時に近い頃合であった。

パトカーから降ろされた途端、薄暗い署内から四、五人の署員が待ちかまえていたようにバラバラと駆け寄り、たださえ両手錠をはめられ抵抗なぞできぬ私を、まるで小突き廻すような手荒さでもって、威嚇的な言葉なぞも浴びせつつ、階段で建物の五階へと引き立てていった。

その五階には上がってすぐの正面に部屋があったが、何か宿直室と云った雰囲気でテレビの音も聞こえ、ファイターズのオープン戦の結果が流れている。子供の頃、ファンだった球団だけに、それにふいとアットホームなものを感じたのも束の間、すぐと横の鉄扉《てっぴ》が音を立てて開き、その中へ追い立てられるように押しこくられた。見ると正面に通路があり、手前の右側に小学校の水飲み場風の洗面所が細長く延びている。その奥は小さな豆電球程の明りしか灯いておらず、よくは見えなかったが、どうやら鉄格子が一列に並んでいるようだった。私の後ろ手の手錠が外されたのは背後の扉が閉じられ、施錠される音を聞いたあとである。まず、左手の小部屋へ連れてゆかれ、名前と生年月日、現住所と本籍を質問された上で所持品を全部提出し、続いて衣服を脱ぐように言われた。そして私の為には中学時代以来となる身長測定をし、体重計にも乗り、それで留置場一泊のチェックインは全て終了したようだった。

「随分、おとなしい奴じゃないか」

そんな声がしたのでひょいと顔を上げると、私の横にいた、まだ若い制服の男が憎々し気にこちらを睨み、

「いや、この野郎、随分暴れたらしいんですよ。図体がでけえぶん、手こずらせやがったそうですがね。ホラ、見てやってくださいよ、これを」

私の着ていた上着をつまんでひろげてみせる。私もつられて眺めてみてその肩口は破れ、地面にすりつけられた際だろうか、随所が不自然に裂けたそれが店の作務衣《さむえ》のような筒袖の制服だったことに改めて気付いた。すると自分のジャンパーは店のロッカーに入れたままであったことも思いだす。

「こんな、店名の入ったものなんか着て検察とかに行ったらこの店の迷惑にもなるな。他の留置者の手前もあるから、今夜はとりあえずそのＴシャツのままでいろ。これは引き下げ品の方に入れとくからな」

若い署員はそれを私の所持品を入れた籠の中に放り込み、「こいつ、酒は飲んでないようだな」と別の署員が呟いた言葉を受けて、「飲んでもないくせにこれだけ手こずらせたんだから、始末の悪い奴ですよ。まあ、おめえは当分でられないからよ、家族にたっぷり着替えを持ってきてもらうんだな」と毒々しくほき捨てた。

そして彼らの一部は別室へ行き、何やら打ち合わせを始めたようだったが、そのやりとりの中に、酒は入ってないがもうこの時間だから、だとか、この前みたく喧嘩が始まっても、なぞとの言葉も聞こえ、その様子から、どうやら私は雑居房ではなく、独房の方に入れられることになりそうな気配であった。

間もなくスリッパのような薄いサンダルを貸し与えられ、三人の署員に連れてゆかれた先は、やはり最前《さいぜん》の洗面所の奥に見えた鉄格子の方ではなく、通路を二度程折れたところに四つ並んだ、三畳くらいの納屋じみた独居房だった。

「とっくに消灯時間になってるから、明日の朝、呼びにくるまではおとなしく寝てろよ。布団はそこにあるのを使え」

傍らには、たたんだ敷布団に毛布が二枚、重ねて置いてある。私は以前にも泥酔し、保護と云うかたちで留置場に泊まったことがあった。だから何んの感慨もなく横になり、ただ今日は、もう酒が飲めなくなったことを残念に思った。そしてとにかく煙草が吸いたくてたまらない。

まあ、これで明日になれば、一応取調べなぞされた上で厳重注意を受け、釈放となるのだろうが、そのあと店の方へはちょっと行きにくいなあ、とぼんやり考えた。間違いなくクビにはなっているだろうが、それならそれで日割の給料を貰う必要があるし、何んにしてもロッカーの中の自分の服を取りにゆかなければならない。

それを思うと何やら気が滅入ってきたが、そのうち、いつかうとうと眠ったようである。

そして朝、電気が灯く前には目を覚まし、誰か呼びにくるのを布団の上に座って待っていると、間もなく昨夜の若い署員がやってきた。

「よし、布団をたたんだらこっちに出ろ」

改めて見ると、どうも私と同じぐらいの年恰好で、女に好かれそうな二枚目半の顔をしている。しかし、その口調はやたらにぞんざいだった。

時計がないので今何時かわからなかったが、できるだけ早い時間にことが完了した方がありがたい。或いはまずは朝飯でも出してくれるのかとも思い、その彼のあとについて行ったが、例の洗面所までくると、そこには六、七人もの、いずれもジャージのような服装の男たちが一列に並び、歯をみがいたりうがいをしていたので何かゾッとした。私とは異なる、ここの正式な留置人たちであろう。そのうしろを通り、さらに奥へゆくと昨夜見た鉄格子の大部屋が続いており、通り過ぎる際にチラッと横目で中を見ると、そこには一部屋につき三、四人程の、やはりジャージ姿の男があぐらをかいてじっとこちらを見ている。

一番奥の五番目の鉄格子の前で署員は止まり、

「ひとり入るから、あとよろしくな」

なぞ中に呼びかけ、二重の鉄格子の鍵を開くと、

「ほら、サンダルそこに揃えてここに入るんだよ」

と私を押し込み、鍵をかけると、そのまま立ち去ってしまった。

私は瞬間、わけがわからず、もしここが雑居房という所だったら、何んで今さらそんな所に入れられるのだろう、とキョトンとしていた。そこは十二畳程の広さで、床には毛足の短い肌色のカーペットが敷いてある。入った突きあたりに硝子ではなく、金網と鉄格子の嵌《は》まった大きな窓があった。その向こうも見廻り用の通路になっているようだったが、外からの光は遮断され、房内には朝から煌々《こうこう》と電灯がともっている。

ふと中にいた、三人の男たちの視線を感じると俄《にわ》かにハッとなり、とにかく挨拶だけはしとかなきゃまずかろうと、正座して自分の苗字を言い、よろしくお願いします、と頭を下げる。

すると彼らは早速、なにをした、学生か、なんでそんな寒い格好してんだ、なぞ

いろいろに聞いてきたが、その私はこの唐突な状況の急転がえらく不安でたまらなかった。するとさっきの署員がまたやってきて鍵を開けるので、やはりこれはいっとき預けに過ぎぬものだったか、と愁眉《しゅうび》をひらいたのも束の間、この解錠は単にこの房の洗面順番がきた為だけのことらしかった。

そして若い署員、即ち看守から、

「この洗面用具一式はお前の所持金から差し引くことになってるから、あとで書類に拇印を押してもらう。洗面が済んだら用具はこれから教えるロッカーに各自保管になってるけど、タオルはその横のタオルかけに毎回必ず干しといてくれ。絶対、房内に持ち込むなよ。よし、まずこのタオルの端っこに自分の名前を書け」

と、新品のタオルに歯ブラシと歯みがき粉をのせて渡される。

少しすると再び両手錠に腰縄《こしなわ》をうたれ、二階の刑事課に連れて行かれたが、そこではまず両手の指紋と掌紋、三方からの角度で写真を撮られたのち、四時間程の取調べを受けた。

私を調べた刑事の口ぶりでは、どうも問題は二名に対して手をあげた際、そのうちのひとりが警官であったことに重きをおかれているようだったので、保身の本能から自然とその部分の供述には慎重になり、割って入った人が警官だったとはまるで知らなかった、と嘘をつくことにした。しかし刑事は職業柄、そんな私ごときの本心なぞ、てもなく見透かしたものであろう、書いていた調書をそこで止めると、私の嘘の矛盾をひとつずつあげつらってゆき、警官と知った上での挙行であることを認めさせようとする。それに私は、いよいようっかりしたことを口走ってはならぬ不安に駆られ、あくまでも、知りませんでしたとの主張を無理に続けた。そして平行線のまま、ひとまず終了となったので、これでもう家に帰らしてもらえるのか尋ねてみると、ちゃんと本当のことを認めない限りはいつまでたっても帰れないとの返答。それにギョッとなり、なら本当は知っててやりました、と嘘でも認めたらば釈放してもらえるんですか、なぞ少し気色《けしき》ばんで聞くと、

「それは検察が決めることで、お前につべこべ言われて俺が決めることじゃないっ」

と、向こうも気色ばんで言い放つ。

雑居房に戻されたのち、これは大ごとになったなあ、とぐったりしていると、三人の同房の男たちが、それぞれに同類に対する笑顔を向け、きつかったか、とか、

刑事にも当たり外れがあるけど外れに出食わしたようだな、と親しく言葉をかけてくれるので、これにはふいと救われた気分になり、それでつい、思いがけない展開になった状況の不安を恥ずかし気もなく口にしてしまった。すると若い方の二人のうちの、顔の細長い瀬戸と云う男が、今日は土曜日なので検事の調べはなく、その為金曜日に逮捕されると一日留置が延びてしまう、とわかったようなわからぬような理不尽なシステムを教えてくれ、もうひとりの若い方の、目つきの鋭い、この房では一番の古株らしい広岡と云う男も、

「大丈夫だよ。聞きゃア、たいしたことやってないんだし、明日検察に行ったら、どうせ不起訴処分で終わるよ。あさってぐらいには釈放になるんじゃないか」と、心強いことを言ってくれる。しかしすぐに、「あ、でも明日は日曜か。だと当直検事がやってるからダメかな。そいつらは専任じゃないから、事務的に、とりあえずでなんでも十日間つけちゃうからな」と、さすがにその方面の知識があるらしく、私のような初心者にはよくはわからぬ不安気なことをつけ足す。そして警官への殴打の件も話しだすと、寝転がっていた彼はやおら上半身を起こし、

「なんだ、お巡りのこともやったのか。じゃア当分出られないぞ。公務執行妨害は、

まずいよ」

と、うれしそうに笑う。

「いや、お巡りとは知らなかったんです。止めに入った人を振り払ったら、何んか、はずみで手がその人の顔に当たっちゃって……見たらそれがお巡りだったんです」

「おう、それで上出来だよ。絶対、警察官だと知ってて殴ったなんて言うな。言ってないんだろ」

「ええ」

「絶対にそれを認めんな。ただの暴行と、暴行プラス公務執行妨害じゃ、万引きと殺人ぐらいの差がでるからな」

「――俺の友達でも警官をやってしまって、二年近く入った奴がいるよ。それも非番時で軽傷程度のことだったそうだけど」

傍らから瀬戸が柔和な調子で言う。

「警察は身内がやられるとムキになってくるからな。と、するとあれだな、最悪、拘置所行きも覚悟しといた方がいいかもしれないぞ。まあ、少なくとも明日あさって釈放になる可能性は、全くなくなったな」

これに私は愕然となったが、結句《けっく》は成程、その広岡の予想通り、翌朝、送検の為警察の青いマイクロバスに乗せられた私は、検察ではまるでかたちばかりの人定質問を受けただけで、翌日から十日間の勾留《こうりゅう》延長をあっさりと言い渡されてしまったのである。

——ところで、着替えの肌着のことでため息をついた私だが、そうは云っても、この私にははなそれを持ってきてくれるような家族や友人は、全くもってただのひとりもいないのだから、これはどうにもならない。あと一日か二日は同じ肌着で何んとかしのぐしかないが、それ以降は一体どうしたらいいのだろうか。衣服の方は、私に誰も面会人のアテがないのを知った看守が前に留置されていた人が置いていったものだと云う小汚ないスポーツジャージの上下を、さすがに昨日検察へ行く直前になって貸し与えてくれたからそれはこれでいいとして、肌着となるとどうやって入手したらいいのだろうか。留置場内でも購入できる方法があるのだろうか、なぞ、ひとしきり考え込んでいると、やがて通路の奥の方で、扉を開錠する音が聞こえ始めた。次いで複数の足音が響くと共に一斉に蛍光灯がまたたいたかと思うと、間髪いれず、「起床ーッ」との大声が通路から聞こえてくる。するとそれまで眠り込んでいたかにみえた他の三人は、その声を待っていたかのようにムクリ、ムクリと起き上がるのだ。

毛布と布団をたたむと正座し、各房ごとの点呼をうける。それは名前ではなく番号で呼ばれるのだが、不思議と房ごとに統一したものではなく、私の番号は十四番と云うものだったが、他の三人にはそれぞれ七、十、十六番が割りあてられていた。

そしてひと房ずつ鍵があけられ、各自毛布は残して布団のみを収納室にしまいに行ってから、その足でその日の各房の便所掃除の当番はバケツに水を汲んできて、雑巾で便器を拭き上げるのである。雑居房の奥隅にある便所は和式のもので、三方に壁とコンクリの囲いがあり、出入口には扉もついていたが、左右の壁とコンクリには腰高《こしだか》まで金網の窓が下りている為、しゃがんでも上半身は両方の通路からちゃんと丸見えになる仕組みになっていた。そしてもうひとりの房内掃除の当番は一台の掃除機が自房に廻ってくるのを待つのだが、この二名以外は洗面所で顔を洗い、歯をみがく。

するうち朝食となるが、この留置場では朝は決まって八枚切りの食パン四枚と、一食分のパック詰めになったマーガリンとイチゴジャムが、ひとつずつ配られた。

この他にプロセスチーズが一本つき、アルミのお碗に白湯《さゆ》が注がれる。まるでひと昔前の学校給食である。普段、私は人一倍の大食らいで大酒飲みなのだが、そのせいでもあるのかヘンに胃が弱く、殊《こと》にパンを食うと覿面《てきめん》に胃の中が焼けたようになり苦しくてたまらぬ。だから薄いとは云え、四枚ものパンはとても食いきれなかったが、規則らしくそれを残すことはめったに許されなかった。だから食の細い子供のように、はなから食えぬ二枚は広岡と瀬戸に引き受けてもらっていたが、彼らはその五枚の食パンのうち、二枚にマーガリンを挟むともう二枚にジャムを挟み、残る一枚にはチーズを芯に置く塩梅で真ん中から折り、それらを一気に平らげていた。

その広岡は覚醒剤の使用による罪ですでに公判を待ってる未決四なのだが、拘置所が満杯な為、いわゆる代用監獄として、かれこれ二箇月近くここに身柄を置かれているらしかった。年は二十八だと云うが、皮膚の色が青黒く見えるので妙に老けた印象があり、ちょっと黒豹を連想させる鋭い顔付きの痩身の大男であった。一方の瀬戸も大柄であったがこちらは馬で、物腰の柔らかな、二十六歳と云う年齢のわりに落着いた感じの人だったが、罪状は恐喝と傷害で、やはり代用監獄としてここに留め置かれ、いつ始まるかわからぬ公判の日を、ひたすら待ち続けているそうである。

いまひとりの、黒縁《くろぶち》メガネをかけた、年輩の鶴島と云う人とは、昨日までの二日間に殆《ほとん》どしゃべり合わず、他の二人とも余り会話がなかったので、何をやって留置されているのかも知らなかったが、見た目は田舎の好人物と云った印象があった。私よりも、ほんの一足先にここへやってきたものらしい。

ところで、朝食が終わると程なくして、〝運動時間〟と称する喫煙タイムがあり、一日のうち、留置場にあって煙草が吸えるのはこの時間だけに限られていた。一度に二房ずつの者がひとかたまりになり、外階段の、踊り場のようなところに出される。無論、三方は壁に覆われ、上は天井にふさがれているのだが、そこには天窓があり、外からの光と空気が入って、唯一その日の天気がわかる場所でもあった。一同、水を張ったバケツを囲んでしゃがむのだが、吸えるのは二本までと決められている。バケツの横の台に、煙草の太さよりちょっと大きい穴が五、六十もあいた木函が置いてあり、そこに看守の預かっている各人の煙草が剣山《けんざん》のように突き立てられていて、穴の前に白墨《はくぼく》で書かれている番号は自分の点呼時の番号に該当し、例えば私なら十四番と書かれた二つの穴にささされた、二本の自前煙草がその日の割り当て分である。

そこでは他房の人とも顔を合わせ、会話を交わすことも許されるので、ただされ煙草なしではいられぬ私にも、最も待ち焦がれている時間であった。電気カミソリと爪切りも一個ずつ置いてあり、それらもこの時間に済ませることになっていた。

さすがに長時間禁煙したあとでは、一服吸い込んだだけでひっくり返りそうな眩《め》暈《まい》が起きた。夢中で一本を根元まで吸い終わり、二本目に火種を移していると、二人ついているうちのひとりの看守が自分も煙草に火をつけながら、ふと思い出したように言った。

「ところで十四番は、なんでまだここにいるんだ？　もうきのうあたり、とっくに不起訴で釈放されたと思ってたけど……」

あの二枚目半顔の若い看守であった。昨日は非番とみえ、その姿を見かけることはなかった。

「はあ、ぼくもよくわからないんです」

すると片手に煙草を持ち、もう一方の手で電気カミソリを使っていた広岡が、

「いや、こいつ公執《こうしつ》らしいんですよ」

「えっ、そうなの？　バカなことしたなあ、公執は実刑しかねえぞ」

私はそれを聞き、看守もまた公務執行妨害に過剰な反応を示したことに、やはりそれはよくせき刑罰の重い罪だと云うことがわかったが、しかしその看守が言う、実刑しかない、とはつまりは執行猶予の付かない刑と云うことだが、いったいに自分はそんな刑を科される程のあくどいことをしたかしら、と房に戻ってからもぼんやり考えていると、程なくして看守が鶴島を検察送りの為に呼びにきた。そして私へは、じきに取調べ室へ連れてゆく旨を告げる。

「いいよなあ。取調べ室行きゃ、煙草吸わせてもらえるもんな」

広岡が心底羨ましそうに言う。すでに彼は取調べもなく、どういうわけか一時接見禁止になっているとかで、運動時間以外は喫煙の余得に恵まれる機会の全くない状態だった。

「はあ、それはうれしいんですけど、あの取調べられる時間の長さと云うのはたまりませんね。ぼくの件なんか、ほんの仲間揉め程度のことだったんだから、小一時間くらい調べられて、あっさり終わると思ってたんですが……実刑がどうのこうのなんて話になってきてるし……」

「よっぽど公執で送検してやりたいんだろ。仲間がやられたとあってはな。だから実刑になりたくなかったら、頑張ってとぼけとおすんだな」

「それなんですけど、そうやってぼくが否認し続けていると、心証面とかで不利なことになりませんかね」

我ながら、少し大袈裟かと思われることを口にすると、広岡はニコリともせず、

「態度良くしてみせるんなら検事の前でだよ。あんな刑事なんかに媚《こび》売ったってこっちにはなんの得にもなりゃしねえ。心証良くしようと思って言いなりで受け答えしてっと、実刑になるぜ。取調べなんてのは、犯罪を造るようなもんだからよ」

なぞ言ったが、その言葉には妙な説得力があった。

「……お二人の前でこんなこと言うのも何んですけど、ぼく、できれば拘置所とか行きたくないんですよ。殆ど罪の意識なんてないですし……ただの暴行ってことで罰金くらいで済んでくれれば……前科なんて、無いにこしたことはないし」

「それは甘いな。略式起訴だって立派な前科になるぞ」

「え」

「でも、黙ってりゃ誰にもわからないよ。交通違反の罰金だって前科と言えば前科

なんだし。その程度のことだよ、そのあと何もしなきゃ、じきに消えちゃうしな。俺みたいに出たり入ったりしてっと、いつまでも消えないけどよ」

「…………」

「まあそう落ちこむな。俺なんか絶対今回は、実刑四年以上が確実の公判待ちだぞ」

「……覚醒剤って、そんなに量刑の重いもんなんですか」

「俺の場合、これで三回目だからな。待てよ、今九十二年か……なんとか二十世紀中には出てこれるかな」

すると瀬戸が横合いから、「俺は今度で二度目だけど、今世紀中にもう一回捕まりそうな気がする……」とポツリと呟く。

私はそんな彼らを交互に見て、ははア、いわゆる懲役太郎とはこうした人たちのことか、と得心《とくしん》がいったが、しかし彼らの、あながち引かれ者の小唄ばかりとも思われぬその達観ぶりは、何かこう、随分と羨ましいものに感ぜられた。私の場合、その達観どころか、もとよりこんな大ごとになるとは思いもよらなかっただけに、そのきっかけとなった、アルバイト先のあの遠井のことが、今さらながらに、つくづく恨まれてきた。

　私がその××駅近くの居酒屋でアルバイトを始めたのは、それよりほんの一箇月程前のことだったが、そこではな、厨房の中で皿洗いなぞをやっていたのである。四人いた板前は皆親切で、店が終わったあとには飲みにも誘ってくれたりし、なかなか居心地が良かったのだが、二週間近く経《た》てた頃にホール係で急に辞めた者があったので、穴埋めに急遽そっちへ廻されることになったのだ。遠井はその持ち場の主任で店の社員だった。その付近はオフィス街でもあるので店はかなり繁昌しており、さのみ広くない店内にもホール係は常時七、八人いたが、遠井以外は皆アルバイトで、私より三つ四つ年下の学生の男女だった。僻《ひが》み根性の強い私は、彼らにインフェリオリティーコンプレックスを感じ、慣れぬ接客も苦痛で、もとの厨房雑務の方がはるかに良かったが、ホールに女の子が四人いるのはうれしく、馬鹿な私はいつもの癖で、早速その中のひとりに思いをかけてしまったものである。それで仕方なくその場に甘んじ、不器用な手つきでもって、料理なぞを運んでいたが、ところがここに、その遠井である。思いだすだにムカッ腹の立つ、その遠井である。

　私は或る日、厨房の人からホール係が急に辞めた理由とは、遠井が原因であることを教えられた。何んでも、随分ネチネチと下の者、自分の気に入らない者をイビるそうで、その辞めた男子学生は気の弱いタイプではなかったが、突然いなくなり、後日電話一本で辞める旨伝えてきたそうである。過去にも同様の、遠井が原因と思われる退店者が二人までいるらしかった。

「もし、なにか言われても気にしないで頑張りなよ。ホールの子たちはみんな結構、彼からきつく言われてんだから」なぞ、厨房の人から忠告してもらったが、私の方はそのときはそんなのを自分とは無関係のことのように思い、聞き流していた。しかしホールに廻って二、三日経てるうちには、私にも遠井の厭《いや》ったらしさが次第にわかるようになってきた。何んにせよ、妙にえばっているのである。その癖、客や目上の者にひどく愛想が良く、その者たちからの信頼は厚い。

遠井は二十代後半ぐらいで固太りの体に、メガネをかけた巨大な五分刈り頭がのっかった偏屈そうな男で、その顔つきが中学時代に嫌いだった担任教師の、キューピー人形じみたものに酷似していたせいか、私にとってそれは見るだけで虫酸のはしるタイプだった。私も二度ばかり彼から叱られたが、一度は私の更衣室でのサンダルの置きかたが乱雑だと怒鳴られ、一度は混雑時のテーブルの間をすれ違ったとき、肩だか腕だかがあたったとかで、「ぶつかったんなら謝まれよっ」と客の前で叱りとばされ、私も詫びたが、いずれも訳のわからない不必要なヒステリックさでやられたので気味が悪く、ただ叱りっぱなしなので、後味も悪い。執念深い私は、当然これらのことを根に持ったが、見てると下の者なら誰かれかまわず、男でも女でも容赦のない点に区別はなかった。しかし皆、たかがバイト先のことだし、よほど腹にすえかねればさっさと辞めればいいだけのことと割りきっているのであろう、陰ではホールの白ブタと呼びながらも、直接遠井に抗議したり苦情を言うものは誰もいなかった。或いは遠井も過去にいい加減なアルバイトに煮え湯を飲まされた経験でもあり、その教訓か恨みでか、その種の者を無条件で毛嫌いする理由があるのかもしれなかった。

そのうち遠井のイビりの対象が疋田《ひきた》と云う学生にかなりのウエイトが置かれているのに気が付いたが、その疋田と云うのがひどく小柄な、線の細い頭でっかちで、しょっ中注文を間違えては、そのたびに不思議なくらいオドオドし、客にからかわれたり気を遣われたりするタイプだったので、遠井に見込まれたのは少々痛々しい感じであったけれど、所詮それも、こちらには無関心事であった。

しかしあの日、私が片付けていたテーブルに疋田が手伝いにやってきたのが間違いのもとだった。疋田は何かの皿を取り上げたとき、肘でビール瓶を倒してしまったが、その瞬間、全身の動きがピタッと止まってしまう人で、殆ど中身のはいっていたそれはゴボゴボと液体をたれ流しながらゴロリゴロリ音を立て、アッと思ったときにはテーブルからスッと消え、床で小気味よく砕け散っていた。

すぐに遠井がモップを手にとんできたのだが、破片を拾おうとしていた私のことを、「どけ」と押しのけてから、「手で拾ったってしょうがねえだろ、早く箒《ほうき》とチリ取り持ってこい」と、自分はモップしか持ってこなかったくせにえらそうに言う。私は呆然と立っている疋田をかばうような気持ちで箒を取りにゆき、自ら後始末をしてやったが、遠井の方では瓶を倒したのを私だと思ったものらしい。

そのあと私がビールケースから抜いたビールを、濡れフキンでぐるりと拭いたのち、冷蔵庫に並べると云う作業をやり始めると、遠井はツカツカ寄ってきて、

「いい、きみは触るな。また割られたんじゃかなわないから」

と、頭ごなしに命令してきた。その言い方も癪《しゃく》にさわったが、遠井がその作業の代役に呼んだのが、何んと疋田だったから、このときばかりはいつものように黙っ

て従う気になれず、

「いいです。自分がやりますから」

なぞ言い、そのまま続けようとすると、突如遠井は、

「触るなって言ってんだよっ」

金切り声を上げると、私の体に自分の腕を無遠慮にぶつけながら、ビール瓶を邪慳にむしり取ってきた。

この続けざまの無礼には、私もさすがに腹立ちを押さえる隙《ひま》がなく、以前叱られた怨みも瞬時に思いだすと、

「痛えなこの野郎——」

と、つい彼の胸倉を摑んで捩《ねじ》り上げてしまった。すると遠井は、「なっ」とか何んとか言葉を発し、みるみる顔が歪《ゆが》んでいったが、その遠井の無抵抗の表情に、ふと前後の考えを取り戻して手をゆるめると、先方はやにわに全身をくねらせて振りほどき、状況からそれ以上私が何もしてこないと判断したらしく、プイと体ごと視線を外すと、一言、

「いいよ、きみはもう帰れ」

とほき捨て、レジの方に行ってしまった。そして啞然として立っていた女の子へ、わざと何事もなかったように、「きみの学校は、校舎が移転したんだよね」なぞ、震え声で話しかける。

これに、不完全燃焼のかたちになった私はちょっと行き場を失い、さてどうしたものだろう、と廻りを見ると、そこのホール係全員、見て見ぬふりを貫いていた。するとと、厨房の人がカウンターロから、「北町《きたまち》君、こっちちょっと手伝ってよ」と声をかけてくれるので救われた思いで中へ入り、ゴムの前掛をつけたが、私はそのときにはもはや腹を決めざるを得なかった。こうなってしまってはもう仕方がない。こう云うことがあれば、店では私に辞めてくれとは言えないが、やはり話の落としどころとして、どうか是非とも辞めて欲しいであろう。こっちだって何か居づらくなるし、無論辞めること自体はやぶさかではない。しかしこれまでのことを思えば、これで、ただおとなしく引き下がるだけでは、こちらが完全にやられ損である。まさか殴るわけにもゆくまいが、せめて最後に遠井を思い切り、悪しざまに罵倒ぐらいしてやらなければ、おさまりがつかない。

と云ってもそれは取りあえず店が終わってからのことになるが、またこれは随分とつまらない結果になったなあ、と皿を洗いながら考え、そうなると一番の心のこりは、やはり思いをかけてた彼女のことだ、なぞ、ちょっと寂しい気持ちになっていると、どれぐらい経った頃か、私の横を私服に着替えた遠井がふいに横切るので私はギョッとなる。その遠井は、私以外の人へ、「お先に失礼します」なぞと声をかけ、通用口から出ていってしまった。

まさか遠井が早退するとは思わなかった私は、この機会をのがしては、と咄嗟に店外へとびだすと、駅の方に向かっている遠井を追いかけ、呼び止めると同時に、上着の腕を摑んで振り向かせた。その腕を強めに押しこくり、反射的に反撃されぬよう体をひらかせてから、いきなり脅すような言葉を浴びせてやると、遠井は、

「なんだよ」

なぞ、尖《とが》った声をだしてきたが、その目には意表を衝かれた劣勢の色がありありと浮かんでいたので、私は居丈高《いたけだか》になり、

「何んだよ、じゃねえんだよ。ようやく捕まえたぞ、この馬鹿を――」

「離せよっ」

「逃がしゃしないんだよ。ぼく、てめえだけはどうでも泣かしてやることに決めた

んだから」

「なんでだよっ」

「てめえのさっきの言い草がどうにも腹にすえかねるんだよ、馬鹿野郎。いつかも、何が『ぶつかったんなら謝まれ』だ、謝まるのは貴様の方だ。誰に向かって言ってんだ、この畜生めが」

摑んだ腕をかえして引き寄せると、

「仕事の上での注意だろう、仕事離れたらおまえのことなんか知らねえよ」

「うるせえ、注意なら注意らしく、ちったあ言いかたってもんに気を付けろ。てめえみてえな往生際の悪い豚野郎が、人を嘗《な》めてんじゃねえよ」

「じゃ、店長に言えよ、言いたいことがあんなら店長に言えばいいじゃないか。店長のとこ行こうじゃないか」

「うるせえ、何が店長だ。さんざえばっておいて、急に助け求めてんじゃねえ、この助平野郎めが」

はな、これでもう少しかましてやって、或る程度自分の気がすんだら解放してやるつもりだったが、ふとその遠井の目に妙な安堵の色めいたものが浮かんだので、おや？　と思った一瞬後、背後からその店長やらホールの男子学生やら三、四人が私と遠井の間に割って入り、やいのやいのと引き離してきた。いきなり店をとびだして行った私の様子を知って、追って来たものであろう。が、その援軍を得た遠井は、

「店長！　店長、こいつがからんでくるんですよ、もう警察呼んで下さいよ」

など、急に元気になる。

「あっ、何が警察だ、こいつこの野郎——」

それを宥《なだ》められながら引きはがされたが、遠井の俄かに強気になった態度と、余計に話がややこしくなるだけの闖入者の出現で一気に頭に血がのぼった私は、その、店の連中の口調がこちらを一方的な加害者と決めつけ、この件の元凶たる言動をさんざ弄してきた遠井の肩を、妙に持ってくるのも悔やしく、はては命令形で怒鳴りつけてきたり、遠井を逃がそうとしたりもするので、ついに本気でエキサイトしてしまい、渾身の力で彼らを振りほどくと、遠井に突進し、上半身を摑んで引き寄せながらの膝蹴りを、いきなりその腹部に食らわせてしまった。ついで、カクッと海老のようにこごまって膝から崩れ落ちるのを、相撲のはたき込みの要領で地面に叩

きつけてやる。

と、私は乱暴に腕をとられ、見るとすでに通行人が知らせたものか、警官が割って入っているので、それに何か言いながらひとしきりじたばた抵抗したが、その際に一連の動きの流れの中でだが、警官の顔を裏拳《うらけん》でもってぶっ叩いてしまった。その瞬間、「うっ、殴ったな!」との怒声があがり、私は襟がみを摑まれ、信じられぬ程の力で振り廻されながらうつ伏せに倒し込まれた。そしてうしろ手に腕を捩上げられ、さらに背中に体重をかけられて、身動きがとれなくなる。

「痛い、痛いっ、離して! ぼくは被害者の方なんだっ」

苦しまぎれにそんなことを口走ると、取り囲んだ事情を知らぬ野次馬から、妙な哄笑が湧いたのをハッキリ聞いた。

そしてボロ雑巾のようになった私は、やって来たパトカーに叩き込まれると、そのままこの警察署に連行されてきたのである。

だから私はここに至っても、こと遠井の件に関しては殆ど罪の自覚はなく、むしろ何んでこうなりやがんだ、との思いの方が強かった。そのあとの警官殴打の方が問題だと云うことはわかったが、それとても店の者がしゃしゃり出てきたからあんな騒ぎになったわけで、引っこんでいてくれればあのまま遠井に、もう一、二本の釘をさしただけで終わっていたことだし、警官も来ることはなかったのだ。とても広岡たちのように、自分の犯した罪を首にまいて拘置所までゆく気にはなれなかった。

さて、看守に連れられ刑事課に入ってゆくと、一昨日の五十年配の刑事が私を引き取り、入口横の取調べ室へとうながした。窓のない、昼間の蛍光灯の明りが侘しい殺風景な小部屋である。

「十日間、勾留期間が延びたからな。まア、ゆっくり話そうや」

刑事は言ったが、しかしその話は、また一昨日からの一点の続きに限られていた。

「――同人は、同巡査長に対しても右手の手拳《しゆけん》で左顎付近を殴打するなどの暴行を加え、と、これで間違いないいんだけどなあ」

そのくだりで停まったままの調書の一節を読み上げ、私に同意をうながすが、こちらはそこだけは絶対に認められない。

「大体、お前は警官だと知らなかったと言い張ってるけど、警官ってのはその辺の、ごく当たり前の服装でいるものじゃないいんだぞ。幼稚園児にだって見分けがつくんだから、いい年したお前がわかりませんでしたはないだろう」

「でもそのときは興奮していましたから、止めに入ってきた人がみんなお店の仲間だと思ってたんです。で、誰かの手を振り払ったら、こう、はずみで手がその人の顔に当たっちゃって、そこでよく見たら初めてお巡りさんだとわかったんです」

「じゃ、お巡りさんだとの認識は、すぐにできたわけだな」

「それは、あくまでも手が当たってからのことで、そのときは随分興奮してましたから、全く認識できませんでした」

「そんなはずはないんだがなあ。だってお前は警官が来たとき、ポリはすっこんでろ、と、はっきり言ったんだぞ。あの場にいたみんなが聞いてるよ。店の人たちも、聞いたと証言してくれてんだからよ」

「……それは興奮してて、ぼく、本当に興奮してて、何を言ったかよく覚えてません」

「よく覚えてないということは、言ったかもしれないんだな」

「全然覚えてません。悪態つくときは大抵何んの考えもなく、ただ口から出放題を言ってるだけですから。認識はしてませんし、そんなこと言ったのも覚えてません」

「そんなわけがないがなあ。お前は少しでも罪を軽くしたくて、それで忘れたふりをしてるだけなんだけどなあ」

「違います。ぼく、これまでの二十五年間、こう見えて最低限の常識とTPOだけはわきまえて生きてきたつもりです。それなのにお巡りさんと知ってて、わかっていて殴るような、そんな自分に不利になることはしません。それぐらいの人並みの判断はできます」

もともと私は坊っちゃん坊っちゃんした童顔のせいで、昔から生真面目で正直そうに見誤まられることが多かった。そのおかげで嘘をついても余りバレたためしがなかったことに味をしめていたので、このときもそのてを使い、得意の偽円満人《にせえんまんじん》ぶりをアピールする一方、広岡たちから聞いたばかりの公執の罪の重さも、はなから熟知しているふりを装い、したがってあえての禁を犯す馬鹿はいない、との常識論でも訴えるべく、「——なぜなら、公執は間尺《ましやく》に合わないからです」なぞとひとくさりやりだしたが、刑事はそれをうるさそうに聞き終わると、

「だから要するに、やっちゃいけないと知ってることをやっちまったから、青くな

って嘘ついてんだろ。俺が何十年、この商売で飯食ってると思ってんだ」と、さすがにまるで通用する気配もない。

昼食時にいったん房に戻されたのち、午後からの取調べでもまた話はその一点に絞られ、延々と繰り返された。

刑事は時折、ひどく威嚇的な暴言を吐きながらも、表情にはイライラした風もなく、ヘンに悠然と私を責め上げる。いったいに私程度の小悪党ひとりに、何んでここまで時間をかけるのかが解せず、粘着質そのものの顔をしたこの中年刑事に、次第に嫌悪の先立つ恐怖を感じてきた。すると鼻の中もグジグジしてきたので、机の横に置いてあったロールのトイレットペーパーを借り、鼻をかんだが、ふと気づいてこの紙を少し余分に貰っておこうかと思った。房内では朝になると、看守が各房に粗悪な便所用の落とし紙を配ったが、それはあくまでもその房の人数分に見合った分を目分量で配るものだったので、共同で使用する以上、自分だけ多く使うと云うのも気が引ける。だからこの機会に鼻かみ用を兼ねて自分専有のものを少し欲しく思い、刑事に申しでようとすると、先方は顔を伏せ、何やら調書の前頁を繰ってむずかしい顔を続けている。で、別段許可を得る程のことでもなし、勝手に二、三メートルくらい巻き取って、黙ってジャージのポケットに入れてしまった。

と、同時に刑事が顔を上げ、

「今、しまった紙は、規則で留置場へは持ち込めないぞ。残念だがポケットから出して、使うならこの場で使っていってくれ」

ねっとりした口調で言う。

これに私は愕然となり、こいつ、何んとイヤらしい奴だろう、と呆れる思いであった。見ていたなら、知っていたなら、何んでポケットに入れる前に言わないのだろうか。それははな、紙を借りたとき、これこれの規則だからと言ってくれればこちらだってそうかとわかるものを、しかし言いもしなかったことは、それはまあいいとする。決して納得はゆかぬが、そこはこの際、まあ、いいことにもしてやる。たかが使いかけの、備品とも云えぬ消耗品以下の、便紙《べんがみ》一枚持っていってはいけない規則があると云うのなら、それもいいとしてやろう。けどまるで素知らぬふりをしておいて人に事を成し遂げさせといてから、やおらコソ泥発見、と云わんばかりの、今のその得意顔は一体何んだ。その寸前の気配でいくらでもこちらにストップをかけられたはずではないか。

成程、広岡の言ったとおり、貴様らは犯罪を造るのも仕事の内なんだな、と、できれば悪しざまに面罵してやりたかったが、実際には言われたとおりに、黙ってポケットから紙を出し、もうかみたくもない鼻なぞ一応かんでみせて机の脇に置いた。しかしそれで、はなから抱いていたこの刑事個人に対する不信感と嫌悪感がいよいよ決定的なものになり、その後は何を聞かれても知りません、わかりません、覚えてません、の大嘘を、わりと臆せず口にすることができた。

すると刑事は、「じゃ、また勾留延長を申請しないとな」とか、「拘置所で頭冷やすか」なぞ冷笑したり、「あの店でのお前の評判は最悪だな」と揺さぶりをかけ、遠井が私のことをこのままずっと出さないでくれと言ったとか、店長が早く辞めてもらうべきだったと後悔してたとか、女の子たちもヘンな威圧感があったから警戒してたとか、いろいろに並べたて、

「みんな、お前のこと嫌ってたぞ。どこか人間的に欠陥があるのと違うか」

と、私の人格をこき下ろす。あげく、

「あの逮捕時に、お前なんか射殺されたって文句なんか言えないんだぞ。それを穏便に取り計らおうと努力して、黙ってお前ごときに殴られてやった警察官に、申し

訳ないと思わないのか」

「………」

無言でいるのを違う意味にとったらしいこの刑事は、さらにカサに着るように、

「えっ、申し訳ないと思わないのか。頭下げて謝罪する気になれないのか！」

と怒鳴ってきた。ところがこの芝居がかった耳ざわりな怒声が妙なはずみとなり、
私は顔を上げると、

「……ぼくだって、あの警官たちには寄ってたかって取り押さえられ、酷《ひど》い目にあわされましたよ。服も破かれたし、警察署についてからだって、うしろ手の手錠で抵抗もできないのを、蹴られたり押されたり、手荒い目にあわされたんです。さんざっぱら威《おど》すようなことも言われましたし……今も含めてね」

なぞ口走ったが、今度はそれに、これまで無表情だった刑事が初めて色をなしたようになり、

「威すだと？　へえ驚いた。随分と聞いた風な言葉を知ってるんだな。お前ね、警察官ってのは、人間じゃないんだよ。社会の秩序とルールを守る、法律そのものなんだよ！」

「…………」

「それに対して手をあげる真似しやがったお前のことは、実際射殺したってよかったんだよ、それは法律に挑戦してきたも同然なんだからな！」

「こっちは無抵抗なのに、必要以上にやられたんだ！　あげく手当てもしてくれず、ブタ箱に放り込んだじゃないか。絆創膏《ばんそうこう》一枚くれなかったんだぞ。それに何が射殺だ、言いたい放題言いやがって……いいよ、ぼく、ここを出たら、絶対持ってくとこに話を持っていくから」

「おい、生意気言うなよ」

「こんな特高《とっこう》まがいのことが許されるかどうか、いろいろ人にも相談するし……射殺がどうのこうのって、絶対あっちこっちで相談するからな！」

刑事は口をつぐんだ。突然私の口から特高なぞ云う言葉が出てきたのが意外そうな顔をしていた。と、扉のない出入口から別の太った刑事がすぐさま顔をのぞかせてきた。

「どうかしましたか」

「――こいつ、ほんとにタチが悪いぞ」

するとその太った刑事は私を睨みつけ、

「なんだてめえ、警察嘗めてんのか。何、大声出してんだ。静かにしてろ」

と浴びせかけてくると、彼は立ち去らずにそのまま残り、室内の壁に立ったままで背を凭《もた》せる。そしてその後は二人体制での取調べが続いた。

夕方近くになり、明日でケリをつけさせてくれ、との締めくくりで中年刑事は調書を閉じたので、やっと今日は解放されたか、とぐったり肩で息をつくと、刑事はやおら一枚の紙を私の前に置いた。それは『誓約書』とワープロで刻字されたもので、何んでも昨日、居酒屋の店長がロッカーに置きっ放しにしてきた私のジャンパーと日割でのバイト代を持って刑事課に来て、この刑事に託していったものだそうだ。

その文面には、本来なら弁護士をたて、治療費やら慰謝料を正当に請求するところ、加害者も被害者も自店に在籍し、被害者の方は正社員と云うこともあり、怪我自体、打撲程度のものなので話し合った結果、ことを荒だてないことを納得してもらった。ただ被害者の心の傷は深く、店としても多大な迷惑を蒙り、あまつさえ現行犯で逮捕された以上、何をしてやろうと云うこともないし、店の者全員が憤《いきどお》りを感じている。だから被害の点でこちらも追い込まないでやるかわり、勾留をとかれたのち店に立ちあらわれるようなことがあっては迷惑だし、被害者へも、今後一切の関わりを持たぬことを約してくれ、と云った意の文言《もんごん》が記されていた。これを刑事の前で署名して欲しいとの伝言を残していったそうである。

私は、何が被害者だ、どっちがだ、とムカっ腹を立てる一方、今さらながらに、あの店で自分が本当はどう云う目で見られていたのかを、しみじみ思い知らされた。してみると、さっき刑事が言い連ねた私のその店の者からの風評も、ことごとく真実の下敷きがあるものであろう。それを思い知るまでは、そろそろ今日あたり、私に厚意的だと思っていた厨房の人たちが、男らしくカラリと面会に来てくれるのではないかとも思っていたし、あるいはホールの女の子たち、殊に思いをかけていた子が、私のことを心配して来てくれないだろうか、との淡い期待を抱いてもいたのだが、どうもそんなのは、まるっきりの幻想のようであった。

しかしこれでその店での全てのこと、それはほんの少しはないこともなかった、店や遠井に対する贖罪意識なども、全部が相殺され、帳消しになったような気もして、何か却ってさっぱりしたものを感じた。

給料袋を見ると、この件でボロボロになった店の制服の弁償費用がちゃんと天引きになっている。何んだ、しっかりしてるじゃねえか、と馬鹿馬鹿しい思いでその誓約書に名前を書き、拇印を押した。

心身ともに疲れきって房に戻されてくると、検察へ運ばれていた鶴島もすでに帰っており、ぐったりした様子で寝そべっていた。私は彼らが妙に懐かしく、不思議な安らぎさえ憶えて、最前までの取調べの様子をべらべら話してため息をついていると、

「弁護士いれてみるのも、手かもしれないな」

と瀬戸が言った。私の場合、証拠を隠滅したり、逃亡のおそれのある罪ではないので、本来ならこれ以上勾留延長になることはない。しかし公執がからんで話が複雑になっているのだから、この際、当番弁護士と云うのに相談するのも方法だと教えてくれる。

「正式に依頼するかしないかは直接話したあとで決められるし、ここに来てもらうだけなら料金は取られないしよ」

よくはわからなかったが、折角言ってくれてるのだから、と余り深くも考えず、

早速鉄格子の方ににじり寄り、看守を呼んだ。

瀬戸の言ったとおりの依頼をすると、

「えっ、呼ぶのか。こんなので弁護士呼ぶ奴なんてめったにいないぞ」

と言いながらも、じゃ待ってな、と事務室の方に手続きに行ってくれる。

その弁護士がやって来たのは、そろそろ消灯時間になるかと思われる頃合だった。

そこで私は初めて接見室と云うのに入ったが、かの弁護士は丸い穴の幾つもあいた窓の向こうに座っていた。三十代の、丸まる肥えた脂《あぶら》っこそうな男である。私を見ると看守の方に向かい、

「こいつが、北町貫多《かんた》?」

と言ったが、その居丈高で横柄な口調を耳にした瞬間に、こりゃダメだ、と思った。

で、いざ話してみると、私の暴行の件は正式に依頼を受けた訳ではないのでおざなりにしか聞かず、当然自分の礼金のことばかり言ってくる。その言い草も、今いくつも事件を抱えて忙しいが、こちらもプロだから弁護するとなればちゃんと取組んでやる。しかしそれにあたってはもう一度、こちらのやりかたで事件を洗い直す

為、（との大袈裟な表現を、この弁護士は確かに使ったものだ）被害者や関係者に話を聞き、目撃者の証言もとるから日数がかかる。だからさらに勾留の延長申請をしなければならないが、罪状はできるだけ軽くなるよう努力する、と、一日も早くここから出たいが為に弁護士を頼もうと云う、こちらの趣意をまるで汲まないもので、おまけに時間と労力のかかるぶん、謝礼はそれなりにかさむし、料金が高くなればそれだけ身も入る、なぞと、金持ちの坊っちゃん風の私の見た目に勝手に慾をかいたものらしく、臆面もなく言ってくるので、もはや話にならない。

そんな私のすでに投げやりになっている表情を見て、向こうでもこいつは時間のムダだとようやく悟ったらしく、依頼をどうするかは今夜一晩考えて、明日一杯に看守の方に返答してくれ、と言い置き、早々に引きあげていった。

そして翌朝、朝のパンを食っていると、檻の外に例の五十代の刑事がやって来たからギョッとした。おそらく宿直か何かで、ずっと署内にはいたものであろう。

その刑事は私に向かって開口一番、

「なんだ、お前はきのう、弁護士呼んだんだって」

その細い目には探るような色があった。

「ええ、呼びました」

「頼んだのか」

これに、どう答えたものか、ちょっと口ごもっていると、横合いから広岡が、

「北町君よお、ここは取調べ室じゃないんだから、答えなくってもいいんじゃない」

と刑事の方を見ず、パンにジャムを挟みながら言う。傍らに立っていた看守もその様子に刑事に向かい、「いやあ、そう云うことなら、あとで取調べのときにでも……こっちの規則もありますから」とやんわりたしなめた。いったいに看守は持ち場意識と云うのか、留置所内では他部署の者からとやかくされるのを好まないらしく、それらに対してはこちらの肩を持ってくれるようなところが多分にあった。

そんなことがあり、看守に、やはりきのうの弁護士は断わって下さい、と頼んでから取調べ室へ連れてゆかれたときは、朝の意趣返しで昨日以上にネチネチやられるのではないかと怖れていたが、意外にも刑事は最初の方で少し昨日の続きをむし返しただけで、「じゃあ本当に認識はなかったんだな。本当だなっ」と念を押し、

「こっちも忙しくてな。お前なんかにいつまでもつき合ってはいられないんだよ。

あとは検事さんに、よく調べてもらってこい」

と、しばらく調書に何やら書き込んでいたが、やがて、

「いいか、読むぞ。——同人は同巡査長を警官であるとの前記認識判断のないまま腕を振り払った際、余勢により同巡査長の左顎付近へ右手の手拳が当たり——いいな、このとおりだな。次、行くぞ」

と、あとはすらすらと事実関係の確認めいたものがあっただけで、昼前にはあっさりと終了してしまった。

私はこの気抜けするような終わりかたは、或いは昨夜弁護士を呼んだ結果がからんだものではないかと、ふいと考えた。それは刑事の言うとおり、単に他のことで多忙で、実際私だけにかかりっきりになっていられなくなったのかも知れぬし、まさかあの刑事が昨日の私の特高云々の発言や、自身の射殺云々の失言を気にし、そこへ私が全く違う目的だったが、早速弁護士を呼んだことを知って、俄かに狼狽《ろうばい》したものと思うのは、さすがに少し短絡的で常識的にも考えにくい。このてのことは、仮りにいざとなった場合でも、所詮こんなレベルの中では、言った言わないで終結して問題にもなるまいし、その程度のことで被疑者にビクついていたら、刑事なぞ

到底つとまるまい。が、しかし一方では、今朝留置場まで探りを入れるようにやってきた奇妙な事実の、その前後のタイミングを思うと、案外この刑事に限っては、こんなハッタリめいたことが覿面の効果を呼んだようにも思われるフシもないではない。とすると、かの弁護士は、結句報酬も取らずに、意外なかたちで私の力になってしまったものかもしれなかった。

とあれ、これであの刑事の取調べがすっかり終わったことは、ひとまずホッとする思いで、久方ぶりに少し気持ちも解き放たれた感じであった。

その日の午後からしばらくは特にどこへ引き立てられることもなく、終日を檻の中で過ごすこととなった。無論、することと云えば横になって雑誌を読むか、眠るか、会話するかの三つに限られており、それはひどく時間の流れがゆるやかな世界であった。日中でも各自毛布二枚宛の使用が許されているので、一枚をたたんで枕にし、一枚を腹にかけて昼間から眠り込んでも咎められることはない。雑誌や本は、所定のコーナーがあり、朝の運動時間の帰りがけにひとり一回二冊までを房に持ち込める。殆どは他房の者の差入れ品のお古で、いずれも最新号が揃っており、その種類もマンガから硬軟の週刊誌に加え、成人雑誌も許されていたが、これは一番の人気で大抵は貸出中になっていた。またそれらはことごとくノドを綴じている金具が抜かれ、代わりに千枚通しであけた穴に紐を通して結んである。新聞も手に入るが警察でとっているものを各房順番に廻すので、朝刊が夜になってやっと読めることもあった。しかしこれは廻し始めを毎日変えて公平を期していた。一度は社会面の記事にくり抜かれてる部分があったが、広岡の言うにはそれは現在この留置場にいる者の報道か、警察関係者が起こした事件の個所だとのことである。

そして時間になると、黙っていても飯が出る。昼と夜は仕出しの弁当で、飯の量こそ少ないが、お菜《かず》にはイカフライめいたものや、牛のしぐれ煮じみたものも付き、さのみ粗末なものではない。

また昼に限っては一日おきに、この他に自弁をとることができた。警察署近くの一般の蕎麦屋かラーメン屋の、特定の数種のメニューから自分の金で取り寄せるのだが、それは必ず一皿だけと決められており、例えば餃子ライスは不可で、餃子か、ライスかのどちらか一皿しか許されぬ不可思議な不文律《ふぶんりつ》があった。

この自弁のある日は、留置場全体が麺ものはひどくのびたのが来る為に、蕎麦屋ならカツ丼かカレーライス、ラーメン屋ではチャーハンかスタミナ丼と決めているようで、私もそれにならった。いったいに留置人の分際でスタミナ丼もないものだが、そのおかげで食物に関する不自由は何もなかった。缶コーヒー、コーラ、牛乳などは毎昼食時に一本とることができ、煙草の購入も限定された銘柄をこのとき頼める。替えの肌着のなかった私は、これもその際に頼んでみたら、翌日調達してもらえた。洗濯は週二回、取りまとめて看守が回収して数台の洗濯機に放りこみ、喫煙ルームたる運動場にぶちまけて自然乾燥させたものを留置人が各自引き取りにゆく。入浴は週一回、五人ずつが十五分で行なう(と、云っても私は短期間だったので、この風呂には都合二度しか入る機会がなかったが)。

——ところで慣れと云うのは恐ろしいもので、当初一秒でも早くここから出たかった私も、それから三日も経てると、これでもう少し煙草が吸え、たまに面会人でも来てくれれば、それ程留置場と云うのも悪くない気分になっていた。留置場と云うより少し規則の厳しい寮にいるような錯覚が起きるときもあり、横になってひたすら雑誌に目を落としているときなぞ、ふいに自分が入院生活でも送ってるかの思いがした。現に健康面でも、毎日飲酒していた私がここに来て一週間足らず、その間、当然ながら一滴の摂取もないだけでえらく体にキレがあり、頭も妙に爽快である。かようなブロイラーじみた日々は、本来ならぶくぶくと太りそうなものだが、後日ここを出た直後に体重を測ったら、逆に八キロ近く落ちていた。

こうなると留置場も、どうも私にとってはある意味天国で、その環境は少なくとも自己を見つめ直したり、罪を悔い改めるような余地なぞ全く生まれぬ場所であるようだった。ただ、ここに入るには家族親類、友人がいなければ絶対に不利である。面会や差入れのない惨めさや不便さが解消され、それに性慾面で、せめて便所の窓の両側にもう少し目隠しがあれば（そう云えばここへ入って一週間、少なからぬ心労でついぞその気にもならなかったが、下腹部の疼きはそろそろ臨界に近い雰囲気もあった。それであえて借りる本に成人雑誌は選ばないようにしたが、ここに二箇月近く収容されながらそれをすすんで手にし、平然と眺めている広岡たちは、この点をどう解消しているのだろうか）、ここは一種の保養所みたいなものだし、これなら何度入ってもいいとさえ思えてくる。

もっともそれも留置場までの話で、当時の広岡たちの体験談では、拘置所となれば煙草は全く吸えず、嘘か本当か房では日中横になることを許されない。あぐらをかいても壁に背を凭せると注意され、食物も弁当やスタミナ丼どころか話にならぬ程のものだそうだから、留置場を経てそこへ送られると一転して地獄に突き落とされた気分になるらしく、看守の厳しさも留置場などの比ではないと云うことだった。そう云えばここでは日を経てるにつれ、看守と雑談を交わす機会もふえてゆき、初め私を手荒く扱った、例の若い二枚目半も、

「お前が捕まったとき、随分暴れた奴が連れてこられるっていうんで、こっちもかなり気合いが入ったんだよ。きてみたら案外おとなしいんで力が抜けたけどな。でも、あのときお前は俺に、糞とか言ったんだよな」

私の方では何を口走ったか、いちいち憶えていなかったが、二枚目半は笑いながら、

「確か、痛てえから手をどけろよこの糞、とかなんとかよ。おれも糞呼ばわりされたのは初めてだったから、さすがにお前のことを蹴とばしてやったけど、あれ、悪かったな」

なぞと気持ちのいいことを言ってくれるので私も素直に詫び、はな彼から目の仇のように扱われた理由もそれでようやくわかった。で、少し親し気に話をするようになったが、私よりひとつ年下で、何んでも去年まで交番勤務をしていたらしく、

できたら一日も早くそっちの部署へ戻りたいような口ぶりだった。また、親しくなったと云えば、何んといっても広岡と瀬戸だが、彼らに対してはうっかりして申し訳ないことをしてしまった。

瀬戸が、ここを出たらいつか飲もうや、と言い、三人がアドレスをおしえ合ったのだが、そのとき私は彼らのヘビーな罪状を思いだすと、住所をおしえて大丈夫かな、との不安が一瞬よぎってしまった。薬を預かってくれと言われたり、恐喝の片棒を担がせられたりしないだろうかと、ふいと考えたのだが、すぐに、イヤそう云ったことはないだろう、と思い直した。しかしそんな私の瞬間の躊躇を、さんざ社会の裏街道を歩いてきた彼らが見逃すはずはない。それに私は電話を持っていなかったので、その旨を言ったところ、彼らは当然これを私の逃げの方便だと思ったらしかった。確かに今どき電話を持ってない奴なぞ、めったにいるものではない。だが実際に、それまでの私は電話を取り付ける金があれば遊ぶ方に廻していたし、初めて自室にそれがひけたのは、それからずっとあとの、三十近くになった時分のことである。

私は本当に電話のないことを力説したが、彼らは苦笑いし、

「いいよ、俺も長いこと出たり入ったりして、そこでいろんな奴と仲良くなったけど、出てから実際に、一緒に飲み食いした例は全くなかったからよ」

あとになってこのときのことを考えると、私は彼らに本当にすまない思いがする。いったいに私は子供の頃から友人が少なく、自ら人との間に垣根をつくってしまう悪癖があったが、彼らはここでは右も左もわからずオドオドしていた私に、仲間意識で随分と親切にしてくれたのになあ、とひどく悔やまれたものだった。

さて、八日目になって、ようやく私の検事質問があった。朝、ともに検察に送られる他房の者と一本の縄でつながれながら、「新件一名、質問二名、中間一名、計四名」と看守の点呼確認のあと、「押送《おうそう》ーッ」とのかけ声のもと、通用口から屋外に出る。護送の青いバスはすでに署の駐車場に停まっているが、検察に到着するまでにいくつかの警察署を廻り、その都度そこにとめおかれた被疑者を乗せてゆくので、車内には早くも三十人程が詰め込まれていた。

検察に着くと外階段で一列に地下へ降りる。このときも全員が一本のロープで固くつながれている。地下のだだっ広いフロアには、都内二十三区の警察署に現在留置されたうちの、今日検事質問のあるごく一部がすでに集められつつあったが、ざっと百人以上はいた。全員揃うと房内での注意事項等を聞かされたのち、各房に割りふって収容してゆく。

私にとっては逮捕の二日後のときに続いて、二度目となる検察の雑居房だったが、そこは殆ど鉄格子付きの待合室と云った趣きで、突きあたりの目隠し板の向こう、洋式便器の一歩手前から木の長椅子が向きあって作り付けてある。ただ少し狭いので、八人も入って並んで座るとかなりの窮屈さがあり、おまけにここでは房の中でも両手錠は大便時以外、はずしてもらえないので（昼食時には片方だけはずされるが）、何か余計と息苦しい。また規則も厳格で私語は一切禁止、ちょっとでも話そうものなら、房外のフロアに三十人程も立っている看守からこっぴどく注意される。その注意のしかたも留置場並みのどぎつさとは、どぎつさのレベルが違っていた。

しかし、どこへ行っても馬鹿な暴れん坊と云う奴がいるもので、私の房内にも二十歳を出たばかりにみえる、一見インテリっぽくもみえる学生風の男が入っていたが、これが隣りに座っている者に、「おたくは、なにやったんですか」と話しかけた。話しかけられた方が迷惑そうな表情を浮かべたときには、もうとんできた看守に叱られ、口をとがらせていたが、少し経つとまた同じように隣りへ声をかけ、再び同様の注意を受ける。すると彼は、なに言ってやんだバカヤロー、なぞ小声で呟き、またちょっとおとなしくしていたが、間もなくソワソワしだしたかと思うと、何が楽しいのか、やおら三度目の禁を破った。そして怒鳴りつけてきた看守に今度は大声で、「うるせえっ」と、やり返す。

と、次の間には驚く程の早さで鍵が開かれ、狭い房内に三人の看守が跳び込んできたかと思うと、アッと云う間に暴れん坊は外に引きだされ、七、八人の看守に上半身を押さえ込まれながらフロアの外へと引きずられていった。その後どこか別の場所へ廻されたとみえ、結句私の房には最後まで戻ってこなかったが、私はそのとき、この寸劇を眺めながら、暴れん坊のイキがるつまらぬ姿に事件を起こしたときの自分を見たような気がし、何んとはなし、あの店の者全員の冷笑が目に思い浮かんできて、どうにもやりきれない気持ちになった。

三時近くになってようやく別階の担当検事室に呼ばれたが、その時分には窮屈さと待ち時間の長さにすっかり疲れてしまい、もはや演技するまでもなく、終始精根尽き果てた神妙さで調べを受けることができた。

「ぼく、まだ勾留延長になりましょうか」

最後に、最も気になる点を担当検事に尋ねてみた。

「ちょっとやりかたが悪質だからね。被害者は家族のかたの看病で帰ろうとしてたそうだ。そこをきみから襲撃されたんだからね。たとえどうなったとしても、きみには量刑以上の、量刑では償えない罪が残ると思いなさい」

いやあ、もう充分に償いましたよ。と、心の中で言い置いて、また雑居房に収容されにゆく。

通り魔じゃあるまいし、誰が何んの原因も持たない奴を襲撃するものか。第一、あの豚野郎の家族が病気なのと、おれが運悪く犯罪者になったのと何んの関係がある、と憤然としながら、百人以上のほぼ全員が終わるまで、房内にてさらにひたすら待ち続ける。

検察を出たのは六時を過ぎた頃だったが、帰りも行き同様、二十三区内の警察署をいくつかのブロックに分け、行きとは逆の順序で各六、七箇所のそこを廻って被疑者を戻していった。私の乗せられたバスは、墨東方面の一部から廻り始め、北部の一部に行ってから突如都心に帰ってくる、変則的なコースであった。

かなり日ものびたとは云え、すでに外には夕闇が迫っていた。護送バスの金網付きの窓は、外から内側は見づらいが、中から外は普通に視界がひらけていて、街の景色が流れてゆく。

このとき目にする、往来を自由に闊歩している人々の姿は本当に羨ましく感ぜられた。今の我が身の立場も、見方を変えれば所詮短期入院生活をしてる程度のものなのに、しかし、たかが数日のことと云え、これが勾留被疑者としての自覚だろうか、自分がああして普通に生活していたのが何か遠い昔のことのように思われるし、再びあの自由を取り戻せるのが随分と遠い先のこととしか思えず、するとやはり、どうにもならない寂しさがこみ上げてくる。

そんななか、バスが言問橋《ことといばし》だろうか、あの辺の橋にさしかかって渡ったとき、ふいと隅田公園の桜が目にとび込んできた。

鈍色《にびいろ》の川の背後にひろがる蒼い薄闇の中に、満開の桜の華やかな色が浮き彫りとなり、いくつもの提灯は妖しく灯って風に揺れ、そこからは花見の人々の高揚ぶりが立ちのぼっているかのようだった。

幾分、ペシミスティックな気分になっていた私がかの風景に息をのみ、その一種の地獄変相めいた図に心を奪われていると、同乗の看守の、

「おっ、花見か。さあ、今夜はあの中からどれぐらいが暴れて捕まるかな。あそこで酒飲んでる奴の何人かは、明日の今頃はこのバスに乗ってるんだろうなあ」

との大声が聞こえ、そのときは車内にドッと笑いが起こった。

バスはすぐに馬道《うまみち》通りを右折し、風景は夕闇にまぎれたありふれた日常のものに変わったが、このとき見た桜の、言葉にならぬあざやかな美しさは、いつまでも心に残るものだった。

最後に××区を廻り、留置場へ帰ってきたときは、すでに八時は過ぎていただろうか、ここでは出発時の、「押送」の反語である「逆送《ぎゃくそう》ーッ」のかけ声の直後、雑居房ではとっくに夕食時間を終えている為に私が初日の夜に入った独房に二人ずついれられ、そこで遅くなった夕食の弁当が支給された。同房の為か、鶴島と一緒だった。

「北町君は、今日は質問だったの?」

この日、共に検察へ送られたものの、バスの中では会話をする機会がなかった鶴島とここでやっと話を交わすかたちとなった。

「じゃ、うまく行けば、あと中間で終わりだね。延長は大丈夫そうでしょう? 俺は今日が中間だったから、どうやら二、三日うちには出られそうだよ」

鶴島はうれしそうに言ったが、間髪いれず隣りに二人入った独房から、「すぐ再逮捕だぞ――」との野次がとんだ。

「鶴島さんは、失礼ですが、そんな悪いことしそうにも見えませんけど、何をやったんですか」

「俺はね、ダフ行為。いや、本当は田舎でトラックに乗ってんだけど、全く仕事がないんでね。で、ちょっと出稼ぎにでてきて友達に誘われてやってみたんだけど、なに、見せしめなんだよね。捕まっちゃったよ」

そんなことで何日も留置されてるところをみると、彼のその口ぶり程単純ではない背景もあるのかな、とも察せられ、

「いやあ、高い勉強代になっちゃったよ」

なぞ云い、弁当箱の飯に白湯をかけて食ってる善良そうな鶴島に、ふいと疫病神が背負いついてるような感じがした。

「あんたは、生まれはこの辺の人?」

頷くと、

「じゃ、ご両親も心配してるでしょう」

「いえ、十五のときに家を出て以来、もう何年も肉親とは他人になってるもんで、全然心配がないんです」

「へえ、そうなんだ。いや、俺は東京に娘が嫁いでるんだけど、捕まってパンツ一枚予備がないもんだから、仕方なく連絡したんだよ。そしたらここまで面会に来てくれたはいいけど、もう大泣きされちゃったよ。大したことじゃないからって言っても、女はダメだね。親子の縁を切るとか言われちゃって。一回来ただけで、あとは今日まで音沙汰なし。これからどうしたもんだろうね、時間が解決してくれるのかね」

「はあ。どうでしょうかね」

　この人がこんなにしゃべる人とは思わなかったので驚いたが、それは近々釈放になるよろこびのせいかとも思った。

「いや、本当に高い勉強代だったよ」

　そう呟き、笑っていた鶴島は、その翌々日に出ていったが、前日、それとなく看守から釈放されることを伝えられると、余りにはしゃぎ過ぎ、隣りの房の者から、

「うるせえっ、聞かされてるこっちは、ひとつもめでたくねえんだよっ」と壁越しに怒鳴りつけられていたので、これを私は、自分のときはこの点を大いに気をつけるようにしよう、との良い教訓にしたものだった。

そして十一日目の夜、

「十四番、私物で引き下げにするのがあったら今のうちに言っといてくれ」

と、看守がやってきて言った。どうやら明日にでも釈放になる気配であった。

「公執は、うまくまぬがれたようだな」

そう言う広岡と瀬戸に頭を下げて礼を述べると、広岡は、

「拘置所までは経験しとくのもいい人生勉強なんだけどよ。まあ、これを機会に、もう悪いことすんのはやめとくんだな……特に警官にはな。俺はこれから、ちょっと刑務所まで行ってくるからよ」

妙に棘を含んだ口調で言うのを聞いて、ああこの人たちはそうだったんだと思いだし、すぐさま話題を釈放のことから転じた。

そして床についてから、明日、外に出たら、まずやりたいことをあれこれかぞえ上げていたら、笑いがこみ上げてきた。

十二日目の朝、運動時間を終えたのち、改めてひとりだけ鉄格子の外へ出された。余りうれしがってる様子をみせないように注意しながら、それぞれの房の前を通り過ぎる際、「今夜、腰を使いすぎんなよ」とか「早く戻ってこいよ」との一見好意的な野次が、ひどく羨望のこもったものに聞こえて、何がなし、ちょっと首をすくめる思いであった。

ところで詰所まできて知ったが、この場ですぐと釈放と云うわけではなく、これから簡易裁判所で略式命令を受けるのだから、この時点ではまだ被疑者の身分と云うことで、腰縄と両手錠が必要とのこと。例によってそれらをうたれる。これもこしばらくの間、外出時の身仕度の仕上げのような習慣化に近づいていたので、もはや今さら苦にもならない。私のジャンパーとズック靴は、あとで看守が簡易裁判所に運んでおくから向こうの係員から貰うように、とのことであった。

そして他の被疑者とともに、またあの青いバスに乗り込んだ。

四時過ぎ、誰に咎められることもなく、巨大な建物の表口を堂々と出てきた私は、まず煙草をくわえ、何んとなく辺りを見廻した。

これでどこへ行こうと自由であることが、たまらなくうれしかった。とりあえず目の前の日比谷公園に入ってゆき、そこのベンチに腰を下ろし、今しがた受け取ってきた略式命令文と、罪名に『暴行』とある起訴状に再び目をやった。もう一枚、これは罰金十万円也の納付書があった。納付期限は二週間後となっている。

ふと、この短かすぎる期限が気になった。袋に入れて返された、私の所持金の残額は二千円、勾留中に支給された居酒屋の日割給料は制服の弁償代を引かれて三万円程入っていたが、併せた金額が即ち現在の全財産である。

考えてみると、もう二年以上家賃を滞納している、大曲《おおまがり》のアパートの大家に、これから居酒屋での給料が毎月キチッと入るから、と大見得を切り、そしたら月二万ずつを本来の家賃と別個に、滞納額の返済分として支払う旨、その念書を出したばかりであった。

かの約をまたぞろ果たさぬまま店もクビになり、その当人も十二日間姿を晦ましたりでは、あの大家だってさすがに今度こそは、堪忍袋の緒を切るかもしれない。もしかしたらすでに切っていて、部屋も処分されたかもしれないが、何んにしてもこれから部屋に戻ったら、この金のうちの半分は先方に差し出さねばおさまるまい。半年分以上ためた水道代もあった。あれも最終通告が来ていて、この十二日間のあいだに停められたはずである。それらを払ったら、手元には四、五千円しか残らない。その上、二週間後にこの罰金の十万円である。

釈放されたばかりで、いささか浦島太郎気分を味わっていた私は、俄かに現実の、日常の生活に引き戻された。

慌てて公衆電話を探し、暗記している港湾荷役の派遣会社の番号にかけた。しかし、やはりこの時間になっては、もう明日の日雇い作業員の予約者は定員に達したそうで、すげなく断わられた。もう一軒、別の、その種の会社に電話したが、そこもすでに満杯だった。

出たらまず、ビフテキを肴に酒を飲もう、お刺身も食べよう、明日かあさってのうちには女も買わなければならないし、ちょっと遠くへ旅にも出ようか、とあれこれ夢想していたのが、ことごとくそれどころではなくなってしまった。僅か四、五千円きりしか持ってなくて、何がビフテキで何が女だ。これではあのアパートの部屋で、しけた缶詰食ってワンカップを飲み、センズリこいて寝るぐらいがせいぜいではないか。おまけに明日は日銭の入るあてもなくなり所持金も底がみえ、あまつさえ二週間後に十万円作れなきゃ労役場行きときては、折角自由になっても何んのうれしみもない。

やはり、この十二日間に至るきっかけとなった私の軽挙は、やっただけまるでムダなことであった。物心両面での大損以外の何ものでもなかった。

私は頭がクラクラし、いっそどこかに押し入るかして刑務所に入ってしまおうかと、どうでやる度胸もない強盗、強姦に、そのときはひたすらの思いをはせた。

二週間後、連日の人足業と、日曜には引越し作業のアルバイトで、何んとか揃えることのできた十万円を振り込み終えた私は、銀行を出ると先程露店で安く買った漫画雑誌や週刊誌十数冊を携え、十二日間を過ごした、かの警察署に向かった。

出るときに、広岡と瀬戸に何を措いてもすぐ差入れにくることを約束し、彼らは〝読むもの〟を所望していたが、罰金で払う金を稼ぐのにまぎれ、つい、今日までそれを果たせなかったのだ。

面会人として留置場への入口に立ち、何か得意気な面持ちでいたが、案に反して接見室に行く必要はなかった。

「ほう、意外に律儀だったんだな。出てから差入れにくるのはなかなか言うだけで実行されないんだけどな。でも七番も十六番も、何日か前に移監になったよ」

応対した見覚えのある係員は、きわめて淡々とした口調で言った。

「今は拘置所で公判待ちだ。せっかく持ってきたけど、それは渡せないよ。十六番は、ついおとといまでいたんだけどね……きみがいたときに収容されてた者は、もう殆どここにはいないよ」

持参した雑誌類は、見知らぬ留置人の為に置いていくことにした。

広岡と瀬戸をまたここでも裏切る結果になった。互いに後味の悪い思いを残してしまったことにほぞを嚙んだが、どうでこれでもう、彼らとは一生顔を合わせる機会はないだろうとも思った。

その後、私は何度か路上で、あの青いバスを見ることがあった。そのたびに金網をはった窓の向こう側に目を注ぎ、あの中でみた満開の桜の色を思い起こすのが常だった。

罰金の為の金稼ぎには懲りたが、留置場自体はそれ程苦痛でもなく、罪の点では余りにも無反省だった私は、結句それが災いし、後年また同じような罪状で再びあの青いバスの乗客になるとは知らず、そのときはバカのように微笑みながら、走り過ぎるそれを振り返って、いつまでも見送っていた。

潰走

貫多《かんた》が雑司が谷の鬼子母神に程近い、その四畳半に越してきたのは昭和五十八年の十月半ば頃だったが、早くもこの月末に支払うべき家賃は滞る気配だった。

はな不動産業者に連れられて、彼が四半世紀前の文化アパートのなれの果てじみたこの建物へ内見に来た際には、家主だと云う、共に七十過ぎぐらいの老夫婦はその年齢を訊くと、

「わたしのところの孫娘もあなたと同じ十六歳ですが、学校では毎日部活のバレーボールに夢中で、肝心の勉学はもうそっちのけですよ。それに比べると、あなたはすでに社会人として自立しているんだから立派なもんです。わたしは、そういう苦労をしている若い人をみると、無性に応援したくなる性分でしてな……」と、鶴じみた痩身に似合わぬ野太い声で、

「わたしは中学の校長を長年つとめてきましたが、中卒で働きだした子の方が社会では意外と使い物になるもんです」とか、「人間は、学歴にはよりませんよ」なぞ、松本清張みたいなことを言い、妙にぶ厚い唇辺をほころばせ、莞爾《かんじ》と笑った。

そして横に控えていた、ところどころが脱け落ちている銀髪をひっつめにしている、ひどく小柄なその妻も、

「困ったことがあれば、なんでも相談にきなさいね」と微笑を作り、かの応対はその頃まだ社交辞令と云うものを知らなかった貫多をすっかり感激させる程に、厚意的であった。

さらに入居した当日には、貫多の引越荷物が着替えを詰めた手提げの紙袋ひとつであることを知ると、老家主はわざわざ自家から一組の布団を持ってきて貸し与えてもくれた。

もともと彼が中学を卒《お》えてから、この九月までの半年間を過ごした鶯谷のせんの部屋では、まだ季節柄夜具も必要なく、それを買うこともないまま畳に直寝で通せていたが、そろそろ毛布ぐらいは入手しなければ、と感じていたところではある。しかし、見るとその布団は、果たしていつの時代から使っていたものなのか、何か死病患者の遺品じみた、いかにも重く湿った雰囲気があり、実際そこからはうっすらと黴めいた匂いも鼻につく。おまけに多分尿だと思うのだが、敷布団の中央部には腐りが入ったような、茶色の妖しいシミの痕跡まで認められるひどく気味の悪い代物であった。当然、厚意には感謝しながらもこれは辞退することにしたが、老家主は、

「——子供の使っていたのを、独立して家を出て行ったあとは客用にしてたんですが、どうせ今は誰も泊まりには来ませんから。わざわざ新品なんぞ買うことないですよ。遠慮せずにこれを使ってやって下さい」

と、善意の塊まりみたいな笑顔でそれを無理に置いていくのである。

さらには銭湯の場所を教えてもらおうと、建物自体は棟続きながら、入口は真逆にあるその家主宅の玄関を叩けば、大まかな道順だけでいいと言うのを、年齢からきているものらしい、よたよた歩きで同道しながら、風呂屋までの二百メートルは離れていた道筋を丁寧に案内すらしてくれた。

それでこれらの親切からも、貫多は、この老家主をおとなしい好々爺、組し易しの椋鳥夫婦、と云う具合に安く踏み、以前のアパートにいたときと同様、向後家賃を多少溜めても、やはり大目にみてくれるだろうと高を括ることにした。

だから間もなくその月末、つまりは契約時に日割の前家賃を払った翌月末の、実質最初の支払い日がやってきても、家主宅へは一万二千円の家賃を揃えられぬまま、一言の詫びにも出向かなかった。

その夜、窓から見える、中庭を挟んでの家主宅の、茶の間と覚しき磨り硝子の灯りが、早くも九時には消えてくれたのを確認すると貫多は何かほっとし、危機が去ったことを実感した。

そしてすっかり心のひろがった思いで外に出ると、近くの、めったに客のいない食堂へ行き、どう云うわけか祝杯をあげる気分で定食に一本のビールなぞをつけさせたものである。


ところが翌日、港湾人足のアルバイトから帰ってきて、陽の落ちた居室で何をするでもなくぼんやりあぐらをかいていた彼が、ふと気付いて電気をつけたその直後、共用玄関の扉が軋《きし》る音に続き廊下で足音がしたかと思うと、それは真っすぐこの部屋に向かってきているようであった。そのタイミングからも、昨夜とは逆に、こちらの部屋の灯りを見張ってでもいたのか、間もなくドアを激しく叩いてきたのは果たしてあの老家主で、それまでとはうって変わったきつい口調で前置きもなく、いきなり家賃を督促してきた。

まだ一週間やそこらは、何も言ってこないだろうと思っていた貫多はこれには全

く狼狽《ろうばい》し、

「すみません、前家賃で今月分も払ったもんだとばかり、勘違いしてました……そうか、今月分と云うのはきのうまでに払わなきゃいけなかったのか」と、苦しくとぼけると、老家主は、

「まア、思い違いをしていたのなら仕方ないですけどね……それでもやはりわたしのように歳をとってしまうと、室料というものは約束の日にきちんと頂かないと、いろいろ不安になってくるんですよ。いや、あなたのことは間違いのない人だと思ってはいますがね、何しろわたしども夫婦は、今はこの室料で細々と生活してるもんですから……そこはあなたも、ひとつ理解してやって下さい」

と、少し調子を改めたものの、

「じゃ、通い帳を出してもらいましょうか。このとおり、ハンコも持ってきましたから……」

なぞ、やはり今払ってもらえるものだとばかり思っている。

「いや、それがですね……」

「入るとき、不動産屋の人からもらったでしょう、通い帳。それがないと、室料の

やりとりの証拠になりませんよ」

「はあ、それはあるんですけど、実はお金の方がないんです」

しょげた笑顔を作り、精一杯申し訳なさそうに言ったのだが、それを聞いた老家主の顔には突然憎悪も露わな、もはや体裁をかなぐり捨てたような色が浮かんだかと思うや、

「なんですと！」

素晴らしい大声を張り上げてきた。

それからは、同じ畳数の部屋が上下階に五室ずつ並ぶこのアパート中に響き渡っているであろう金切り声で、何かに憑かれた人のようにひとしきり貫多の債務の不履行を責めたて、

「――で、あなた今日も払えないと言うのなら、明日はきっと払ってくれるんでしょうな。わたしとしては今日中にはどうしても頂きたいんですがねっ」

なぞと、まるで最初の好々爺然とは別人の顔で迫ってくる。

この予想外の展開と豹変ぶりに、すっかり縮み上がった貫多は、とあれここでは一秒も早くこの督促から逃がれたく、よく見通しも立てぬまま、あと四、五日だけ

待ってもらいたいことを、ひたすらに繰り返して懇願した。

「——本当に四、五日後には払って下さいよ。わたしらはこれでようやく食べているんですからね！」

そう言い残してやっとのことで老家主は去っていってくれたが、そのあとで貫多は満更秋の夜寒によるものだけでもなさそうな、ヘンに冷んやりしたものを肌に感じて身震いし、

（こりゃあ、随分と厳しい所に越してしまったなあ）と、しみじみ思われてきた。

いったいにその頃の貫多は、日雇いの港湾人足や引越会社のアルバイトで糊口《ここう》をしのいでいたが、彼の場合は好むと好まざるとにかかわらず、日々の糧を得る手段は、ほぼその二業種に限られつつあるようだった。

何しろ十八歳未満の年齢からくる制約もさることながら、一般的に学歴偏重の風潮がピークに達していた頃とあれば、中卒なぞ云ったらコンビニの店員でさえ採用資格外となる、殆ど白痴同様の扱い。しかしその点は自業自得の結果と思えば、彼としてもまあ止むないこととしてやっても良いのだが、しかし困ると云うのは、こと雇用面でこの二つの悪条件が揃ってしまうと貫多の選択肢なぞはまるで無いも同

然の態になることであった。あまつさえ、一度賃金日払いの味を覚えてしまうと少なくとも根が意志薄弱にできてる彼には、その日得た金はその夜のうちに全額使ってしまう習慣がすぐとつく。するともはや通常の、一箇月ごとによる賃金の支給形態は無論のこと、一週単位の短期バイトの業種でさえ、その代価を最初に得るまでの僅かな期間をしのぐ、些少の生活費も持ち合わせぬばかりに到底就くことはできず、ならば天然自然と、日当は日払いでもらえるその種の仕事が、彼のやむにやまれぬ原則とならざるを得なかった。

が、もとより貫多が高校へ行かなかったのも、何んらかの目的があってのことや、就職を進路とした為にと云ったわけでもなく、単なる当時の彼の素行面での不備でしかなかったから、こうした繰り返しはどうにも悪循環だと思いながらも、日を経《た》てるうちには、実のところこれもなかなかに止みがたい面もあった。僅かな金でも、あればあるだけ費消する習慣は、当然家賃の支払いの方にその皺寄せが及んだ。先月まで住んでいた鶯谷の三畳間も、九千円だった室料を四箇月分溜めてしまい、その大家と話し合った結果、滞納分を棒引きにしてくれる代わりにそこから追い出されてきたのが、転室の理由である。

しかしそんな惨めな経験の教訓も、どこまで滞納すれば追い立てを食らうことになるのか、なぞ云うその猶予期間の目安としてのみ肝に銘じていた彼は、やがて身震いが去って気を取り直してくると、たった一日遅れただけで急に態度を露骨に変えてきた、そしてあんなにも非常識な怒りかたをしてきたあの老家主に対し、だんだんと云いようもなく腹が立ってきた。

それで腰を上げると、自室の窓から見える家主宅の、カーテンを引いた茶の間に向かい、

「あと四、五日なんてのは、あくまでもその場の方便なんだから、あんまり当てにしない方がいいぜ。どうで全ては、こっちの懐具合によるものなんだからなあ」

と、口に出して呟き、かの老人を嘲《あざけ》った。


さて、それから五日後の夕方、都電の停車場を降りた貫多は、そこに隣接する肉屋の店先で焼いてた焼鳥の、タレが焦げるひどく香ばしい香りにひかれて、五、六本がとこ買っていこうかと考えながら、その方の目白通り側へ踏切を横ぎろうとし

ているると、少し前方の商店から例の老家主らしき人物が出てくるのが目に入った。

これにドキリとし、後方の明治通りにぬける路地の方へ踵《きびす》を返そうとするのを、何か一瞬躊躇するかたちになったのがしくじりである。ふいに横を向いてきたその老家主と、お互いの姿を確認し合うように視線を交える格好となってしまった。

それで貫多は仕方なしに、お辞儀しながらその方へ近寄ってゆくと、先方は、

「……今、帰りですか。今日が約束の四、五日の期限でしたね。のちほど持参して下さい」

ヘンに抑制したような声で開口一番、告げてくる。無論、懐中にはこの日稼いできた日当しかない貫多は、

「はあ、それがちょっとまた、お金の都合が悪くなったもんですから、すいませんけどもう少し待ってもらえませんか……」と、頭に手をやりかけたが、その途端、

「よして下さい！」

老家主はまたもや一変してしまい、声を荒げてきた。

「あなたは一体、何を言ってるんですか。わたしはあなたがあと四、五日だけ待ってくれと頼むから、情けをかけて黙って待っててあげたんですよ。いいですか、そ

れはわたしのあなたに対する精一杯の情けだったんですよ」

「…………」

「それがなんだって？　期限がきました、また払えません、もうちょっと待って下さい？」

「…………」

「それは了見がおかし過ぎるんじゃないのか。ええ、おい。人を馬鹿にしやがって」

「…………」

「甘く見るんじゃないよっ、あんた！」

何しろ、そこの通りは鬼子母神の表参道になる商店街で、小ぢんまりしてさほど賑やかとも云えないが、それでも夕刻の時分どきとあっては買物客も結構歩いていた。その人たちが足を止め、遠まきに環視する中でこうした面罵を受けるのは何んともきまりが悪く、自尊心も悲鳴をあげていたが、彼はここでへたに口ごたえしてこれ以上逆上されても、と思い、前回同様に小声でひたすら謝まり続けたが、老家主はそんな貫多の、あきらかに萎縮しきっている態度を見ると調子にのったものらしく、いよいよ居丈高《いたけだか》になってバカのように声を高めてくるので、彼はこれは相手が悪過ぎる、と、どうにも泣きたい気持ちになってきた。

「――それならあなたは今、いくら持ってるんですか」

「……六千円と、ちょっとです」

「ならばその六千円をお渡しなさい」

「いえ、ぼく、明日もバイトに出かけなきゃなりませんから、これはその交通費とか昼の弁当代で、どうしても必要なんです」

「何を甘えたこと言ってんですか、今日は約束した日の期限なんですよ。本来ならばあんたの方から、ともかくその六千円だけでもわたしのところに持ってきて、まず謝罪の言葉を述べるのが礼儀でしょうが。いつまで学生気分でいるんですか。実社会に出てる以上は、いい加減それぐらいのエチケットをわきまえなさいよ」

「そんな無茶な……だってぼく、今、電車から降りてきたばっかじゃないですか」

「そんなことは問題にしていませんよ。わたしはあんたにエチケットを守りなさい、と言ってるんだ。あんたの無礼なごたくも、まずそうした常識の手順を踏んでから、それから初めて述べるもんです。第一、交通費がどうの、弁当代がこうのなんて、わたしの知ったことですか」

「…………」

「とにかく、六千円あるならば、まずはそれを内金として払って下さい。こっちはあんたにあの部屋を、無代提供してるわけじゃないんですよ」

もはや貫多も、これ以上この老人からの必要以上の恥辱に晒されるのには耐えられず、目に涙をためながら、仕方なく有り金をそっくり差し出した。

するとそれを取り上げた老家主は、さらに残金はいつ入れるのかと、手をゆるめることなく追及してくる。そしてこれも、一週間後に、と答えたのを強引に三日後までとされてしまい、尚かつそれについては念書まで提出することを約させられることとなった。

貫多が吐きたい気持ちを抑え、持ち主憎さで、もはやけったくそ悪いだけのかのアパートの自室に戻ったときは、毛布と僅かな衣類が転がっているきりの四畳半には、すでに暗闇の匂いが広がっていた。

電気をつけてポケットに残ったジャラ銭をかぞえ終わると、ふいとあの老家主に対して殺意が湧いてきた。そしてその思いはすぐと我が身に返り、中学時分にだって、したことはあれ、決してされたことはなかったあのカツアゲを、あんな老人からやってのけられ不様に震えてた自分を、実際蹴殺してやりたい衝動に駆られてきた。

それでも、残った小銭だけでは晩飯に菓子パン一個買うのがやっとなので、せめて明日の日雇いに出かける電車賃だけはどうにかしたく、あの老家主とてまるっきり狂人と云うわけでもなし、その妻も困ったことがあれば相談に来いと言ってたし、改めて事情を説明しさえすれば、それぐらいは返してもらえぬこともなかろう、と思い直して、彼はのこのこ、老家主のところへ出かけていったものだ。そして、イヤな思いをじっとこらえて頼み込んだ挙句に、ようやく千円だけ戻してくれることになったのだが、そのとき、初めそれさえを渋り、まだ最前の昂ぶりを引きずったままでえらそうに応対しようとしてくるこの老人には、さすがに貫多も怒りが抑えられなくなり、つい一瞬だけ、老人に少し高圧的な態度をとり、それに伴う言辞も弄してしまった。するとこれが、窮鼠却って何んとやら、なぞ云う効果があったようで、急に老家主はおとなしくなる。

しかし、あとから考えると、それはまるで逆効果の結果を生むことにもなったようだ。このとき、恐怖の表情すら浮かべたこの老人は、貫多に五百円玉を一枚出してきたが、彼はそこへさらに、「いや、明日は千葉まで行くもんですから」なぞ適当を言ってもう一枚追加してもらったことも、貫多の方ではのちのちまで、まるで気にかけなかったことではあったのだ。

しかし、そこではとあれ都合千円を返金してもらったので、貫多は意気揚々と自室に戻ってくると、ちょっと考えてから、明日の煙草を安いゴールデンバットに換えることにし、かつ今夜の飯を一斤の食パンにすることで、この際風呂銭を捻出することにした。この日はひどく汗をかいた上、これで四、五日と云うもの風呂へ入っていなかったので、さすがに自分で自分の酸っぱい悪臭に辟易していたのだ。

しかしそんな思いで行った銭湯も、何んでもこのときは随分と混んでたことに加えて、彼が湯につかってるところへ、若い男だったがこっちの目に沁みる程の腋臭の匂いを放ちながら、下湯も使わず湯に入ってくるので、却って体が汚れたような不快さだけが残ってしまった。

そして帰り途に、しまいかけだったパン屋で食パンを購《もと》めようとしたところ、生憎売り切れており、他にコンビニと云って近くにはなし、仕方なくさして好きでもない甘食のようなものを二個買ったのだが、それを歩きながらぼそぼそ食べているうちに、貫多は何か自分の余りの惨めったらしさがつくづく思われてきて、再びあの家主に対する殺意がぶり返してきた。が、すぐとその怨念は、金さえ払えば文句はないいんだろう、との熱い怒りへと変化していった。

それで、その三日後には残りの金額も約束どおりに払い、彼はこの勢いのまま、程なくやってきた月末には翌月分の家賃を遅らせることなく、きっちりと納めることにした。

だが、その次の月は、またぞろ期限が過ぎても支払うことができなくなっていた。

と云うのは他でもない、貫多は日に数度湧き上がってくる、焦れるような性慾の衝動に抗《あらが》えなかったのである。と云っても、まだ覚えたてのソープランドへは、せいぜい一箇月に一遍がとこ、ようやくに足を運べる程度だったのだが、当然それでは年中無休な自らの性慾を散らすには二階から目薬の用もなさず、その彼はほぼ毎日、ひとりで自分を汚す行為に没頭していたものだが、それでも尚、心寂しいときには、その頃ファッションマッサージとの名称で登場し、定着しつつあった、その安価な場所へ駆け込むのを常としていた。ところが、日雇い仲間の大学生が言うところによると、もっと廉価なのぞき部屋でも、あと千円だか二千円だかを足せば、下着姿のお姉さんが順番に仕切り部屋を廻ってきて指でサービスしてくれると云うありがたい話。

これにどんなものかと試しで行ってみたところ、貫多はその快感にすっかり病みつきとなってしまった。それでついつい三日にあげず通い始めたが、尤も、これは帰り途には些《いささ》か自分への汚ならしい思いが募ってもくるので、根が土方にできてる彼は実年齢も省みず、つい酒と云うことにもなり、そうなるとその日の日当は翌日の交通費と煙草銭を残すのが精一杯で、到底家賃に廻す分なぞできようはずもない。しばらくは有頂天の日々を経てたものの、月末がきても支払う金のない彼は、そこでようやくに狼狽し始めた。

が、ここに幸いだったと云うのは、この老家主は、何んでも夜はひどく早寝をする性質だったらしいことである。

貫多が安直な快楽に金と時間を費消して、十一時頃戻ってくる時分には、外から見る家主宅の、どこにも灯りがついていたためしはなく、あの厭《いや》ったらしい督促も、部屋の扉の隙間に差し込まれた文書（そのうちの二回は、仲介した不動産屋からの催告状みたいなものが入っていた）によるものだけだったので、朝、貫多が先方に見咎められずにアパートを飛びだしてさえしまえば、もうその日は例の、火のでるような直接の請求を受ける心配はなかった。

（あいつは取り立てに来たくとも、いかんせん、夜になると自動的に体のスイッチが切れてしまうんだな。老人とは、実に悲しい生きものだなあ）と、貫多の気もまた大きくなっていくようだった。

そうなると、彼には何かこのまま、当分は老家主と顔を合わさずにすみそうな安心感にとらわれかけるようでもあったが、無論、それはやはり、所詮はほんのいっときのモラトリアムにしか過ぎぬようであった。

それから間もなくした或る明け方、執拗にドアを叩いてくる音に貫多は目が覚め、何事かと毛布を跳ねのけ、戸を開けると、そこにはあの老家主が仁王立ちしていた。

「――あなたは、嘘をつきましたね。室料のこともそうですが、身元も、でたらめを言ってましたね」

「は？」

「支払いがないので、仕方なしにあなたの親元のところへ電話したら、何度かけたって誰も出ないじゃないですか」

「何んです？　こんな時間に……」

「この時間でないと、あなたがつかまらないからですよ。いくらメモを挟んでおいても全く知らん顔の半兵衛ですませてしまっているし、聞けば不動産屋の方にも電話を入れていないそうですね。そこからも電話を寄越すよう、ここに何度もメモを挟みにきているんですよ」

「とにかく、中に入ってもらえませんか。それでそこ、閉めて下さい」

　二月上旬の明け方でもあり、しかも火の気のない上での起きぬけときては、どうにも内臓の機能が順番に停止していきそうな耐え難い寒さである。吐く息まで白い。しかし、老家主の方は、本来カリカリに痩せてる体が、むしろ肥満して見えるまでに厚手のものを着込み、手には軍手、顔には風邪用の白マスクなぞをつけ、さらには頭に正ちゃん帽まで被って防寒をしているから、まるで平然たるもの。見るとそのうしろには、何んのつもりで連れてきたのか、これも完全防寒の厚着を重ねた小柄な老妻が、くたびれた茶色のマフラーを、ヘンな、真知子巻きみたいなかたちに頭から顎にかけてぐるぐる巻きつけ、敵を見る目で貫多のことを睨みつけている。が、老家主は貫多の言葉を無視し、そのままの位置で、

「――一体、あなたはどういう人なんです。でたらめな連絡先を書いてわたしたちを騙した上で、室料も払わずに図々しく居座って……」と、続けてきた。

もう家にも電話しやがったのか、と内心で舌打ちしながら、貫多は仕方なく夜具替わりの毛布を取り上げた。そして入口の所に立ったまま、それを二重廻しのように羽織るかたちにしてから、別にデタラメなぞ言っていない、もともとが母子家庭なんだから日中に電話したって、母は勤めに出かけている為に誰も出るわけがない、と云うことを、寒さに震える声でひとしきり説明したが、しかしおそらくは早朝や深夜にかけたとしても、彼の母親が電話に出る可能性はきっと低いであろう。そこにかかってくる用件と云うのは、これまでほぼ、貫多が仕出かした不始末に関する、迷惑千万な内容のことと限られてきていたから、ひどいヒステリー病みだった彼の

母は、いつの頃からかいくらそれが鳴ろうとも、てんから居留守を決めこむ習慣がついているようなのだ。せんに貫多が追い出された、例の鶯谷のアパートでの滞納分の件なぞも、それが為にそこの大家は呆れ果て、未回収分の請求を諦めてくれた程である。

　また仮りに、向後この老家主が時間をかまわず、貫多の母の方にしつこく電話をかけるようであれば、かの母親の短気な性格では間違いなく回線契約そのものを中止してしまうだろうから、いよいよもってつながることはなさそうである。

「――なににしろ、こんなことが続いた以上、わたしとしてはもう出て行ってもらいたいんですよ。わたしはもう七十四ですよ、こんなことで自分の神経をすり減らせてたまるもんですか。こちらはあなたに、なんの義理もないんですから」

「はあ、でも今すぐと云っては他にゆくともないですから、もう少しだけ出て行くのは待っててもらえませんか。それと、家賃の方も今少し待って下さい」

「いや、そんな得手勝手な言い分は困ります。それに……」老家主は貫多の羽織った毛布と、その背後の畳があるきりの空間に交互に目を走らせ、「あなたは、わたしのところから借りていった布団を使ってないようですね。返して下さい。明日にでも運んできて下さい。まさか、売ってしまったんじゃないでしょうね」

「……それは、よろこんでお返しします。と云うより、貸して下さいと言った覚えはないですし。最初のとき、押入れに突っ込んで、あとそれっきりにしてますから」

慇懃《いんぎん》に無礼なことを言い、ついでに実物を見せようとして、貫多は俄《にわ》かに思いとどまった。その押入れの下段には、この時期、共用玄関脇の共同便所まで行くのが寒いときなぞ、し瓶代わりとして使っていたコーヒー牛乳の一リットル紙パックが、中身の小便を捨てるのも面倒がったまま五本ばかり放置してある。これを見られてはまた何を言われるかわからぬし、長引きもしそうなので、彼は慌てて話を変えるのと同時に、実際こんな時間にいつまでもこの話にはつきあっておられず、

「とにかく、布団は明日にでも返しにゆくとして、家賃の方はこの四、五日うちには必ず支払います。これまでだって決して払っていないわけじゃない、遅れてはいるけど、結句《けっく》いつも払っているんだから、すみませんけど今回もまた、枉《ま》げて、もう少しだけ待って下さい。本来、決して枉げられないことなんでしょうが、そこを枉げて、もう少しだけ待ってやって下さい。それでいまひとつお願いなんですけど、

ぼく、その家賃を払う為にも明日、と云ってももう今日になるけど、外へ金を稼ぎに出かけなきゃならないんですから、今のこの時間はどうかひとつ、静かに寝かしてやって下さい。寝不足じゃ、肉体労働はつとまりませんし、またつとまらないとなれば、そちらに払う家賃も稼げなくなるんですよ」

わざと噛んで含めるような言いかたでもって歎願すると、老家主は急に何かを考え込む顔付きになり黙りこくったが、やがてそのまま何も言わず、老妻を従えて煙りのように去ってゆく。

その、二匹の老猫じみた後ろ姿に、貫多はちょっと薄気味の悪さを感じながらも、何か首尾良くこれを追い立てることができたことに安堵し、彼は戸を閉めるとすぐさま横になって、頭から毛布にくるまった。

その胎内状の中に体温がこもるのを待つ間、貫多は寒さの苦しまぎれに、自分のことは棚上げしてひとしきり今の老夫婦の、余りの非常識さを罵っていたが、とあれたかだか一万二千円の家賃ぐらい、今日と明日とでさっさと稼いでそれを老夫婦の前に叩きつけてやろう、とも決心した。

だが、やはりと云うべきか、それから貪った二度寝は覿面《てきめん》に祟ってしまい、次に貫多が目を覚ましたときは、港湾荷役へ向かうマイクロバスに乗る為の集合時間を三時間程も過ぎていた時分であった。

「――馬鹿野郎、だから言わないことはねえんだ。これで、貴様に払う家賃も先延ばしになったじゃねえか」

彼は全てを家主のせいにして、ひとしきり言葉にだして悪態をついていたが、これでこのまま一日ここにいて、またあの老人からの督促をうけるのはイヤなので気ぜわしく身支度をすると、部屋をとびだして行った。

どんより曇った灰色の空の下を、まずは都電で三ノ輪橋までゆき、そこからは歩いて浅草の観音裏までやってくると、取りあえず立ち食いのスタンドでちくわ天を入れたおそばをすすって腹を作ってから、三本立ての映画館で時間を潰すことにした。例によって、昭和三十年代後半の喜劇と東映の任侠ものとのセットだったが、このときはそれまで未見だった坂口安吾原作の『不連続殺人事件』もかかっていたので、その館を選んだのだ。

夕刻、三本全部を観てそこを出ると、充満していた煙草の煙りでチカチカする目をしばたたきながら貫多は歩きだしたが、まだ老家主が活発に動いているであろう、この時間帯にアパートに帰るのは少し早いような気もして、それから寒さ紛れの散歩がてらに吾妻橋へ川を見に行ったり、隅田公園沿いに言問橋《ことといばし》までを何往復もしたりして全くムダに時間を経てから、また来たときと同じコースで帰途についた。

その都電の比較的すいてた車中には、彼の向かいの席に、四十年配にも見える女と、その子供と覚しき五歳ぐらいの醜い男の子が並んで座っていた。ふと見ると、その子の右手には、これはおやつとして与えられているものなのか、幼児には不似合な柿の種が、ふた握り程無造作に入った透明のビニール袋が握られている。あの幼児特有の、てこでも離さないと云う強い意志のこもった握りかたであった。

この頑是無い幼な子と辛いおつまみの奇妙な取り合わせは、母子が途中でひっそりと下車していったあとも、妙に長々と貫多の脳中に残像として灼きついた。


ところで、その貫多は七時過ぎに部屋に戻り、そこでちょっとくつろいでいると、突然制服の警官が二人連れでもってやってきたので、ギョッとなる。

何んでも昼間、交番へ来たかの老家主から、彼のことに関して相談があったそうで、それは家賃の遅れのことではなく、先日貫多が交通費を借りた際に一瞬だけ放った威嚇的な言動を、警官に何やら針小棒大に述べたてていったものらしい。

「――なにか君が脅迫めいたことを口にするんで、大家さんは怖くなってお金を出した、と言うんだけどね。そしたら君はさらに追加を要求したんだって？　身の危険を感じた、とも訴えているんだよ」

これに彼は青くなり、ことの仔細を慌てて説明するのに、警官も今回はあくまで様子を見に来がてら、貫多の年齢からも取りあえずかたちばかりの説諭を加えるだけだったらしく、

「それでも、借りるんだったらもっと丁重な態度で借りるもんだよ。変な誤解を招いてもつまらんじゃないか……それに、君は家賃を払わないそうだけど、ここは君の建てた家じゃないんだからね。遊びたい気持ちはわからなくもないけど、やっぱりまず支払うものを最優先させてからにしなきゃダメだよ。布団まで貸してもらってるんだろう？　いい大家さんじゃないか。第一、ここは家賃が安いし、次の借り手はいくらでも見つかるそうなんだから、それでもおいてくれてる大家さんに、君も少しは恩に感じなくっちゃ」

五十代ぐらいのずんぐりした警官は、殊勝気に畏《かしこ》まっている貫多をえらそうに見下す。そして、

「こちらの大家さんは、長年教職をつとめてこられただけあって、それは誠実な、きっちりとした人なんだから」と、ひと昔前の田舎者の迷信みたいなことを言い、

「それに、今後もまた大家さんから君に脅迫された、なんて話があれば、そのときはもう、いろいろと厄介なことにもなるんだから、その点はくれぐれも肝に銘じておいてくれよ」なぞ、釘をさしてから引き上げていったが、これで貫多はあの老家主がうるさく求めてきた部屋の明け渡しと云うのは、どうやら手段を選ばぬ類の、まるで本気のものであったことが、はっきりと知れた思いであった。

それで翌日、彼は布団を返しに行ったとき、

「きのう、お巡りがぼくのとこに来ましたよ。別に何んのこともありませんでしたけど」

と、皮肉っぽく言ってやると、老家主は、

「……あなたのことは、いろんな人に相談してますから」

と抑揚のない声で呟き、

「今月分の室料を入れたら、それで出て行ってくださいね。そうでないとわたしの方でも次の手をうちますから」

三白眼で睨みつけてきて、三和土《たたき》に降りてくるや、まるでニワトリを追い立てるような手つきで貫多を玄関の外へと追いやってくる。

貫多はそんな老家主の人を嘗《な》めきった態度も癪《しゃく》だったが、その、どっちが脅迫なのかしれぬフザけた言い草にも腹が立ち、彼はいっそのこと本当にもう、この老人を人知れずにひっそりと絞め殺してやりたくなってくる。

「――たかが一万二千円ぐれえのことで交番にまで駆け込み、あることないこと並べ立てやがって……とんでもねえ畜生どもだな、この乞食《ほいと》ジジイに白癬《しらくも》ババアめはよ……そんなに一万二千円が大事だと云うんなら、貴様ら一万二千円の為に余生を台無しにされてみるか」

貫多は自室の窓から、家主宅の茶の間を睨み、声にだして呟いたが、ふいと彼奴らには女子高生の孫がいると云うことを思いだすと、

「てめえらの、ただ無意味に馬齢を加えただけの節穴に、このぼくがどう温和《おとな》しく映っているのかしれないけどよ、これでぼく、こうみえてなかなかに復讐心だけは、

人の五倍も十倍も強くできてる男なんだからなあ。あんまりこう、嘗めた真似をしやがると、そのうち必ずてめえらの孫娘を犯してやるから覚悟しとけよ。無論、ナマでだ。その上、中出しもしてやるから。最低、三回はぶっ続けで中出ししてやるよ。ぼくはやると言ったら、それは必ずやってのける男なんだから……しかし何んだな、そうなると孫が女だったってことが、いかにもてめえらの不運だったなあ。ならせいぜい、毎朝ピルでも飲ましておくことだなあ――」

などと、しばらくの間、自室で家主一族への呪詛を繰り返していたが、実際には殺してやるだけの慈悲心も、犯す度胸もまるで持っていない彼は、いっときの興奮がおさまってくるとやがてシュンとなり、わざわざ、こっちで手を汚してやることもない、どうであんな老人は放っといたって遠からずお迎えが来て骨壺行きだ、と負け惜しみを噛みしめ、僅かに自らの心をなぐさめた。

そしてその月の月末近くになったある夜、結句ひと月分の家賃の払いをまるまる残したままで、貫多は家主に黙ってその部屋を逃げだした。

次に住むべき部屋は、数日間で俄かに作った僅かの金でもって、すでにこの前日に、三畳間を椎名町に借りておいた。

どうであの家主には、はな一箇月分の敷金は置いてあるのだから、それで相殺すれば踏み倒しと云うことにはなるまい。

最終の都バスで移動すべく、紙袋ひとつの全財産を提げて目白通りに出た貫多は、バス停に向かってとぼとぼ歩きながら、ここでの約四箇月間の生活が全く不愉快の連続であったことがしみじみと思われた。そして今さらながらに、あの老家主の督促には狂的なものを感じた。

(別に、損をかけたわけでもないのに――)と、そこで彼はよく考えてみると、新たに部屋を借りる為の費用がかかった分、損をしたのは完全に自分の方であることに気が付いた。それに、入るとき老家主に払った、一箇月分の礼金なぞ云う理不尽な強制徴収もあった。すると、どう考えてもこれは彼が一方的に大損をこいたかたちとなる。

そこに思いあたると、貫多はまたもや吐き気を催す程の呪詛が一気にこみ上げ、ふいとあのアパートに取って返してゆきたい衝動が突き上げてきた。そして、すでに寝静まっているであろう老家主夫婦に、建物もろとも火をかけてやりたい思いで、目の前が真っ暗になっていった。

──しかし、貫多の蒙った大損は、実際これだけでは終わらなかったのである。

その二箇月後、貫多は日払い給料制の新たな開拓先として、訪問販売のアルバイトをしていた。一台のワゴン車に、特産品だと云う触れこみの食品と数人の売り子を積み込み、日によって異なる、ひとつの地域で車を停めると、そこで売り子は八方に散らばり軒並みにセールスをかけてゆくと云うもので、三十分経つと集合し、また車で隣接の町を徐々に移動してゆくのである。

これはやってみると、日に二十個も売る者がいるのに引きかえ、根が無愛想にできてる貫多は七、八個の販売がやっとだったが、体の苦労がない分、ラクと云えばこの上なくラクな仕事で、歩合制とは云え日当三千円の基本給は保障されていることもあり、何んとなく続けているうちには、いつかひと月近くが経っていた。

それがその日、関口から目白台を廻り、次は高田へと移動する車内で、彼は最近までこの辺りに住んでいた、なぞうっかり口を辷《すべ》らせ、さらには問われるままにアパート名まで言ってしまったことが間違いのもとだった。それなら馴染みのあるその付近へ行こうと云うことになってしまい、これに貫多は少しイヤな予感はしたが、例の老家主の家を含む範囲は自分が受け持った上で、その一帯は素通りしてやり過ごせばいいだけのことだと思い直し、仕方なく賛同した。

やがてそこに着くと、まずは昼食をすませることになったが、そうなると根が見栄っ張りにできてる彼は、かつての地元と云うからにはこの界隈に精通しているふりをしなくては恥になるような妙な気持ちになり、かのアパート近くの、たまさかに入ったに過ぎぬ、めったに客のいない食堂に自ら案内していったものだ。

そして彼は、そこではさして馴染みでもない、世間話の類では一切口を利いたこともなかった店主に、

「おやじさん、しばらく」なぞ、思いきって親し気な声をかけ、軽く怪訝な顔をされただけで無視されたのにひやりとしたが、それはちょうど春休みの最中とあり、その日から彼と同い年の、高校生の二人連れの女の子がこの訪問販売のアルバイトに入ってきていたので、そんな彼女たちの思惑を意識した上での冷や汗でもあった。

貫多はそのうちの背の高い方の、ボーイッシュな顔立ちをした髪の短い女の子を、初めて見た瞬間から好きになっていたのだ。

しかしそんな貫多の胸のときめきも束の間、やがてその彼女が、貫多たちが皆同じ献立ての、つまらぬ定食をとって食べるのを尻目に、ひとりだけ天丼にあさり汁なぞ注文し、それを年齢にも似ぬ堂々とした態度で頬張りだすのを見ると、彼は何かその姿にひどく見苦しい、薄汚ないものを感じてきた。そのとき彼は給食の時間に、まだ自分の皿に残ってるうちからおかわりをもらいに行こうとした、小学六年のときの同じクラスの女子のことをふと思いだしてしまったのである。その口いやしさをからかったのが因で言い合いとなり、貫多は食い意地の汚ないこの女子の顔を、その女子の食べかけだったコッペパンで思いきりぶっ叩いて大泣きさしてやったものだったが、そのときの妙な痛快さを思った途端、彼はふと目の前で、きす天みたいなのを熱そうに齧《かじ》っているこの美少女にも、いっぺんに恋心が萎えてしまったのである。

さらに、貫多より二、三箇月先に入っていた佐々木とか云う大学生が、よせばいいのに、そこの店主にかの特産品を売り込もうとし、案の定警戒心も露わにきっぱり断わられてしまうと、何かはな店主と親しいように装っていた彼の面目もまるで潰れたようなかたちとなり、結句この昼食時には二重の意味で砂を嚙む思いを味わうこととなってしまった。

ところで、午後のセールスが始まると、貫多は予定どおりに、いち早く自分の住んでいた付近のブロックの受け持ちを志願した。そして計画どおり、例のアパートは素通りし、そのまま往来に出て千登世橋も降りてしまい、その一帯での売り込みを一切放棄した上で適当に時間を潰してから何食わぬ顔でワゴン車のところに戻ってみると、かの佐々木が、ヘンにシニカルな笑みを浮かべているのに気が付いた。そのとき佐々木は、はな何も言わなかったが、皆が戻ってきて次の町へと向かう車中では、今、貫多の住んでいたあのアパートに行ってきたと云うことを得意気に喋りだす。

いったいにこの仕事では、自分の住んでる場所や知ってる土地ではやはり恥ずかしがって、ロクに廻らずにいい加減に流してすまそうとする売り子が、これまで数多くあったものらしい。佐々木は貫多もそのデンと睨み、試しにその後をつけてみると、案の定、そのまま真っすぐ、通りの向こうまで行って姿を消してしまったので、それで、まず先程の車中で貫多の口から出たアパート名を頼りにそこを訪ね、貫多の名を出して、ひとつ義理がらみで自分が購入してもらおうと謀ってみたとこ

ろ、

「――その大家さん、突然怒りだしたぞ。そんな奴は会ったこともないし、聞いたこともないってさ」

「…………」

「それでも別に、俺がおまえの友達でもなんでもない、ただのバイト先だけでの関係だってことがわかると、いろいろ話してくれたけどね……そう言やおまえ、あの大家さんに電車賃とかで千円借りっ放しなんだって？　なんかあとでおまえの親にハガキ送って請求したら、全く返事もこないんだってよ。それで俺に、今度おまえに会ったら、こう言っといてくれってよ」

「…………」

「子が子なら、親も親だ、だってさ。ちゃんと伝えたからな」

　これに貫多はその場では黙って俯き、目的地で車を降りると同時に、それまで恩も怨もなかった佐々木に遠慮なく摑みかかっていった。

　結句その振る舞いが原因で、このアルバイト先もその日のうちに辞めさせられてしまい、貫多はまたひとつ、貴重な日払い仕事の選択肢を自ら失ってしまったのだが、その彼はそこでの最後の日当を手渡されての帰り途、またもやあの家主の老人から踏みつけにされたとの、持って行き場のないやるせない思いに、ただひたすらと、無闇に胸が暗く塞がってゆくばかりであった。

腋臭風呂

その頃私は十八歳、中学を出て家も出て以来二年余が経っていたが、未だ週に三、四回程の日雇いの港湾人足で糊口《ここう》をしのぎ、あとは独り暮しを始めてからこれで六度目の転宿先である、飯田橋の四畳半でごろごろする日常を送っていた。

週に三、四回しか働かぬと云うことは、当然日銭もその日数分しか得ることができない。根が大食らいにできてることに加え、すでにそろそろ大酒飲みともなっていた私は稼いだ日当はその夜のうちにほぼ費《つか》いきってしまっていたし、恋人もいない境遇ではさらにその中から月に二度の利用を目標とした買淫《かいいん》の為の積立貯金をも捻出していたので、畢竟《ひっきょう》その皺寄せは室料の払いの遅延、滞納となり、切りつめるものの筆頭格としては、何より日々の銭湯代と云うことにもなる。

いったいに私は子供の時分から大の風呂嫌いでもあるので、銭湯代がないのも、それはそれで一種のいい大義名分みたいなもの。半日中冷凍のイカやタコの固まりを抱っこする作業のあとに、シャツを通して皮膚にも沁み込む魚介臭を漂わせたまままで、わりと平然と帰路の電車にも乗っていたし、そのままの状態で飲食店へ入り、自室の破れ布団にも抵抗なくもぐり込んでいた。一回の風呂代をうかせば、当時、外でなら日本酒一合余計にとれるか、酒屋で安ウイスキーのポケット壜が一本買え、それを寝酒に飲むことができたのである。

だがそれも、季節が夏場に近づいてくると、だんだんそう云うわけにもいかなくなってきた。埠頭での屋外の積み換え作業は、冷凍イカの溶けかたも存外に早く、二六時中噴きだしてくる自分の熱汗と相まって、作業着は信じられぬ程グチャグチャになる。昼の休憩時間に上っぱりだけは天日に干しておき、肌着の方は自然乾燥にまかせるものの、午後の作業が始まるとそれはまた瞬時にしてドロドロになり、悪臭の二度染めじみた塩梅と変わり果てる。

もはやそのイカ臭い肌着の上へ、私服を着けるのがためらわれるほどに蒸し暑くなってくると、さすがの私も一日おきに銭湯に足を運ぶようになった。

ところでその銭湯だが、そのとき私は厚生年金病院の裏手辺のアパートに棲み、そこから最も至近なところとして神楽坂の中腹に近い、大久保通り沿いの湯屋を使っていた。が、何んでもそこは随分と繁盛しているらしく、いつ、どの時間帯に行ってみてもなかなかの混み具合である。いったいにその界隈にはアパートなぞも、さのみ多くはないはずで、こんなにも公衆浴場に需要があるのは不思議なくらいで、古いやつだがまさに〝芋を洗うような混雑ぶり〟なぞ云う形容が、ピッタリ当てはまる態《てい》であった。

何んにつけ、人の密集している場所が苦手な私にとっては、案外近場のそこの、そうした状況と云うのも、風呂屋に足が遠のきがちな理由のひとつであったものかも知れぬ。それだったら、どこか別の——他にも近在に銭湯はいくつかあり、そっちに行くと云うてもあったが、いずれも先のそこ程ではなくともやはり混んでることは混んでる上に、少し距離が遠くなる分、夏場のことであれば、折角入っても歩いて自室に帰り着く頃にはまた汗みどろになっているので、これは甚だ面白くない。結句《けつく》、真夏の海水浴場みたいな近場のそこと、アパートの共同洗面所での濡れタオルを使った身体拭きとを一日交代で行ない、このシーズンを乗り切るつもりであった。

が、しかし或る夜——それは日雇いの帰途にひとりだけで酒を飲み、電車で飯田橋の駅まで戻ってきた十二時過ぎだったが、大久保通りの坂道をとぼとぼ登っていた私の前を、下宮比町《しもみやびちょう》の路地から若い男がついと出てきた。その、えらく軽装の男が、入浴道具を入れてあるらしい洗面器を持っているのを眇《すが》めた酔眼に認めると、やはりこの辺りには例の風呂屋を必要とする連中が蠢いてるんだなア、と一寸《ちよつと》感心したものだが、足元をふらつかせている私の前をスタスタ歩いて行くその男は、かの湯屋へは真っすぐゆくべきところの筑土八幡《つくどはちまん》の信号を左に折れ、本多横丁の方へ入ってゆく。そこを右に曲がる私は遅れて信号にさしかかったとき、何んとはなし、今彼が入っていった路地の方を見やったが、すでにその姿はかき消えている。

神楽坂の通りに出る前に、どこぞの横道に折れていったものらしいが、少なくともあの銭湯へ向かっていたわけではなかったとみえる。と、するとどこかの、その種のところからの帰り途だったのかも知れぬが、さて今の男が出てきた辺りに湯屋なんてあったかしら、と一瞬だけ訝り、ほぼ同時に忘れかけようとしたとき、男が消えた路地の手前の暗がりから、ふいにお婆さんみたいな女が立ち現われたのでギョッとなる。その初老の女は夜目にも疲弊感の浮きでた洗いざらしみたいなワンピースを着ていたが、頭には白タオルを巻きつけ、これも胸のところで洗面器を抱えてこちらに歩いてくる。どう見ても風呂帰りの人としか思えぬ。

それに興味をそそられると、まず傍らの神社の石段の横で最前より少し催していた小便を放ってから、どうもまだ私の知らぬ銭湯が存在するらしい、その路地に向かっていった。と、一歩そこに入ると、左側の、社会人野球でも有名な建設会社のビルの横手にあたる、さらにその奥の方から幽《かす》かにあの、洗面器とタイルがぶつかりあう、聞き覚えのある音が聞こえてくる。少し進むとその建設会社の裏にはコンクリートの階段があったが、どうやら音はその上部から響いてきているようなので、この階段が私有地であることを怖れながらも試しに上がってみると、これは確かに私有地だったが、その左手に存在していた銭湯のそれであったことがハッキリと知れた。

すでにこの付近に棲んで半年以上経っていたが、かような場所に風呂屋が隠れていたことには今さらながら驚いたが、さらに驚かせられたのはその造りの異様な古めかしさであった。軽く三十年から四十年は、表構えに手を入れてなさそうな感じである。しかし、私のアパートからは断然に近い。

それで翌日の夜、初めてこちらの湯に入ってみることにしたが、改めて見てみるとそこはいかにも古風で、下足箱からしてえらく重厚な年季が感じられた。内部も、番台はフロント形式ではなく、当時すでに珍しくなっていた、入口の扉をあけたすぐ横の頭上、男湯と女湯の境界線のところに店主が座っている昔ながらの番台スタイルで、全くの板敷きの脱衣場がやけにだだっ広く見えるのは、そこにロッカーと云うものがない為であろう。衣服は黒ずんだ籐の籠に、そのまま入れて置いておくシステムだった。細い白熱灯は四隅の薄暗さを際立たせていたし、装飾と云っては壁に貼られた防災のイラストポスターが一枚きり、BGMと云っては番台でつけているNHKらしきラジオの放送、と云うのが、何か一層の侘びしさをかもしだしている。

それでも先客は六、七人はあり、私が出るまでの二十分程の間にはわりと頻繁に老若の、人の出入りもあったから、やはりここもまた、十分な利用者のニーズの上で成り立っているのであろう。

浴槽も今どき泡ひとつ噴き出さぬものだったが、何んと言っても先の銭湯の混みようとは比較にならぬ、すき加減ではある。おかげで私は久しぶりにゆったりした気持ちで湯につかることができた。

それでちょっとこれに味をしめ、何度か続けて通ってみることにしたが、そうなると次第にこの湯屋の古めかしさも一個のあじわいのように感ぜられるようにもなってきた。そしてさらに足繁く（と、言っても一日おきだが）行くようになると、ここは時間帯によって人の出入りの度合いに随分と差があることにも気がついてきた。それ以前の時間帯のことは知らぬが、一度飲酒前の十時頃だったかに行ってみると、全くもって私の貸し切り状態に終始したときがあった。で、次もその時間を狙ってゆくと、これもとうどう最後まで私ひとりで過ごすことができ、何んともくつろげる、気分の良いものであった。

その為に以後は、無理に時間を調整してまでこの午後十時専門で赴くことにしたのだが、無論、毎回私ひとりだけの僥倖を得られなくとも、その相客になるのはせいぜい二、三人が程度と云ううれしさである。ただ、その時間帯になると入浴客の多寡に合わせて休憩を挟むとみえ、番台が店主の老人からその娘なのか、或いは息子のお嫁さんででもあるのか、三十代ぐらいの女性と交代してしまうのは、殊《こと》にこちらが金玉を洗う際なぞに何んとも照れくさかったし、元来コインランドリーも併設されていない為、他所《よそ》のときみたいに入浴の間に洗濯をすることのできぬ不便がどうにも難点だったが、それもこれだけ広い浴場を殆《ほとん》ど独占状態で使えるとあっては、そう贅沢も言っていられない。

思わぬ穴場を見つけた私は、爾来、その風呂嫌いも何か宗旨がえの趣きに傾きつつあるようではあった。

さて、そんなにしてこの銭湯を利用し始めてしばらく経った頃、いつものように私がその時間に貸し切り風呂につかっていると、それまでここで見かけたこともない、四十前後の銀縁眼鏡をかけた小男が、ガラリとガラス戸を開けて浴場に入ってきた。

一見して労務者風と知れたのは自分も同種族のせいだからと云うばかりでもなく、その蓬髪、無精髭には妙なむさ苦しさがあり、どこか全体的に未発達な感じの、昆虫じみた雰囲気なぞが、そうした印象の一役を担ってもいるものらしい。ところで、平生人の顔を余り直視しない私が、このときばかりはその容姿をついまじまじ眺めやったと云うのは、かの小男が入ってきた途端、何んとも不快な匂いが猛烈な勢いで漂ってきたからであった。それはすぐと、腋臭《わきが》によるものとわかる異臭で、しかもこう、かなり重症レベルのひどい悪臭である。

彼は外した眼鏡を洗い場の台の上に置くと、腰かけを使わず、女みたいにタイル床に横座りで尻をつき、ジャブジャブと股間を流し始めたが、それが済むと肝心の腋の下は洗わずに、そのまま私のつかっている浴槽に来て、いかにも熱そうに、口をすぼめながら湯に入ってきた。

これに私は辟易し、ふと二、三年前に雑司が谷の四畳半にいた際、やはり銭湯でこうした腋臭男に遭遇したことを思いだした。そのときのは若い奴であったが、確かそのイヤな腋臭の匂いよりも、下湯も使わずいきなり浴槽に入ってきた田舎者ぶりの方を、むしろ不快に思った記憶がある。が、今こうしてみると、何んぼ下湯の方は使っても、この小男ぐらいの重患の匂いでは、いっそ股はいいから腋だけは流してからにしてくれ、と懇願したくなってくる。

そして案の定、と云うか、彼が肩まで湯につかると、それまでの激しかった異臭は目に見えるようにして徐々に薄れてゆく。当然そうなると私は、今自分が入っている湯に、この小男の病的な腋臭成分が存分に溶けひろがってるに違いない想像に、ちょっと薄気味悪くなってきたが、それでも現在程神経質でもなかった若年期の当時のことだけに（イヤ、その頃はこうした、どうでもいいことに関しては無頓着で、肝心なところにはまだ少年らしい潔癖さを残していた、今とはその真逆の性質だった、と云うべきか）、はなのうちはそう気にもかけなかったが、どうも小男の方でもその時間帯を穴場と見極めたものか、それからは実にしばしば、この浴場で鉢合わせをする回数が増えていってしまった。

相も変わらず、彼は股座《またぐら》だけは念入りに洗いながら、腋には気をかけない本末転倒ぶりで浴槽に入り込む。大抵、私の方が僅差で先に来ていて、上がるのも先だったが、その邂逅が二回に一度は重なるようになると、私ははな浴槽へつかったのちには、つまり、その直後に彼が入った後の湯には、何んとなく入らなくなっていた。鉢合わせぬよう、少し時間を前倒しすることも考えたが、今後も毎回会うと決まってるわけでもないし、たとえ出くわしても臭いのは湯につかってくれるまでのいっときの間だけだし、まさか伝染すると云うわけでもあるまい。

それに考えてみれば、そう云った症状は、罹《かか》っている本人が一番厄介に思っているのかも知れぬ。そう云えば以前、日雇いで知り合った少し年上の仲間にも、腋臭で悩んでる人がいたことがあった。その人は、作業が終わって私服に着替えているとき、タムシ類の薬よりやや大ぶりな、チューブ式のクリームみたいなのを両腋の下にペタペタ塗っていたので聞いてみると、それは腋臭用の殺菌薬であることを悪びれずに教えてくれた。何んでもそれを塗布すると、半日ぐらいは異臭を抑えられるのだと言う。私は普段その人の近くで作業していても、かの匂いは感じたことがなかったので、成程、相当の効果はあるものらしかった。根が下卑てる私はすぐにその薬品の値段をたずねたが、一本千三百円もすると聞いてたまげてしまった。それをこの人は週一本の割合で消費するらしいので、月に四本は購入している塩梅となる。そしてそれを今後もずっと続けていくつもりらしかった。

それなら腋臭手術と云うのを受けた方が結句安上がりでしょう、なぞ、他人事だと思って簡単に言うと、その人はそれはそうだが自分は体にメスが入るというのに抵抗を感じるたちだからなかなかその踏んぎりがつかない、けどそのままにしててはこの匂いは人の迷惑にもなるから仕方なくこの薬を塗り続けている、と云う意味のことを言い、これに私は一種謙虚な潔《いさぎよ》さ、自己犠牲、と云ったものを感じて、随分とこの人を尊敬するような気持ちになったものである。

それを思うと、かの小男はそうした気遣いは持ち合わせてはいないらしいものの、やはりその不快臭は、何も自ら望んでそうなった発症でもあるまい。そんなことを言えば、私だってその後年にはひどいインキンに罹り、いっとき玉袋が煮くずれた里芋みたいな状態になってしまったことがあったし、淋疾を病んだときも、遠慮がちながら銭湯は使わせてもらっていた。

先の、他人に迷惑をかけまいと常に薬を塗布していたような人もいるし、その心情を考えれば、いわばこちらが少しの我慢をすればよいだけのことで、これをちょっと川崎長太郎風に言ってみるなら、浮世とは、他人の耐え難きものを耐えての、果てなき行路のことであったか。とでも呟いて、それで済ませてしまう「塩梅式」のことではある。

もっとも、老獪《ろうかい》な長太郎と違い、きわめて根が小僧っ子の私は、そうは思いながらもこの風呂で小男と出くわさなかった日を〝当たり〟と称し、彼が入ってくると、今日は〝腋臭風呂〟の日か、と内心で溜息をついていた。

ところがそんな私の我慢も知らず、この〝腋臭風呂〟ではあとから考えたら妙に腹立たしくなった、理不尽な、不快のダメ押しみたいな思いをさせられたのである。

そのとき、珍しく小男の方が先に来ており、常なら私が出たあともまだ浴場にいるはずの彼が、一足先に脱衣場に戻っていったのだ。そして遅れてそこへ行くと、彼はすでに服を着終えていて、おそらくはそのシャツにべったり付着していたのであろう、あの異臭がまた一面にひろがっていたが、この際無理にも気にしないようにつとめ、トランクスだけをはくとそこの隅っこにある丸椅子に腰かけて煙草をつけた。今でもそうだが私はその時分から湯上がりの一服が何よりうまく感じられるので、この楽しみは欠かせぬ習慣になっている。

と、ふいに小男が、でかい咳払いをひとつするので目を上げてみると、何んと彼は大仰に顔をしかめ、右手でパタパタ煙りを振り払うような仕草を行なっているのである。

よっぽど煙草の煙りや匂いが嫌いなのか、さらに洗面器を持った左手で、それごと鼻先を覆うようなことまでしていたが、その、未だ互いに挨拶をかわしたこともない私には全く視線を向けぬままで、しかし、しきりに右手をパタパタやりながら足早に退場していったのである。

このとき私は、彼のその、へどの出るような自らの悪臭をまるで棚上げにした、かの陰湿なジェスチャーでの抗議に、瞬間腹を立てることも忘れる程のショックを受け、小男の去ってゆく後ろ姿を、全く毒気を抜かれた態で呆然と見送ったものだった。

さて話は、それから二十年余りを経《た》てた現在。――

その日の夕方、私は市谷柳町《いちがややなぎちょう》のアパートを出ると、都バスと都電を乗り継ぎながら、とある駅前へ向かっていた。

もうかれこれ半月程前から、私は寂しくて仕方がなかった。数年前にようやくのことで同棲にまでこぎつけた女性に、それは元をただせば私のDVが因だったとは思うが、他に男をつくられ逃げられて以来、私はまた以前の買淫生活を強いられていたが、そも妻も恋人もできぬがゆえの買淫ぐらい、惨めで厭《いや》ったらしいものはない。

それでも女体に対する焦がれるような恋しさや、たとえ束の間でもいいから女のひとのあたたかさに接していたい本能的な希求は、どうでも周期的に襲ってくる。それですでに四十に手の届く中年男となり、昔に輪をかけてもてなくなっていた私は、自らの孤独感がピークに達すると必然的に、その種の場所に足が向かうこととなった。むしろ以前よりも、心は頻繁に、そこに駆け込むことを欲していた。が、皮肉なことにはそれに反比例して、ここ数年来、慢性的に手元不如意が続いている身では、そうした周期がやってきても、それを一時しのぎに解消する数万円の金を、なかなか捻出できぬ状態になっていた。加えて私は、もうこれで十年近く前より、自分の大好きな大正期の私《わたくし》小説作家、藤澤清造の全五巻、別巻二冊の全集を自費出版することを企てていたが、その、はなの配本巻のゲラは最終校まで進めていながら、印刷所に払う金がすっかり滞ってしまっている。今年は年明けすぐに私の処女創作集が刊行になり、間もなく初版分の印税を貰えたのを幸い、当初これをまるまるその印刷所の払いにあてるつもりだったが、ついつい当面の生活費のかたちでなし崩しに費ってしまい、そのあとの再版の印税は、続けての思いがけぬ不労所得のうれしさで理性が吹き飛んだ挙句、我知らず直後の数日の内の、四度の酒色でアッと云う間に費消してしてしまった。

無論、殊に後者の散財はあとでひどく悔やまれたので、その反省からも、以来二箇月以上、全く女体にふれず、藤澤清造の菩提寺から預からせてもらっているその人の位牌を前に置き、黙々と売れぬ原稿書きなぞに没頭していたものだが、夏になって、百枚ちょっとのものを或る文芸誌が採ってくれることになり、その待ち焦がれた原稿料が、この前日に振り込まれてきたのだ。

私みたいに無名の、まるで底辺にいる書き手でも、百十枚分ともなれば少しはまとまった額になる。で、いつぞやの戒しめからも、このお金は全額、全集作成の支払いにあてるべく、百円たりとも使うまい、と誓ったのだが、一方では悪いことに、ちょうどこのとき、私の心は寂しさの極みにたっていた。いや、ありていに云えば、半月前からその思いは臨界点に達し、あとそこさえ突き抜けてしまえば自然雲散の道もひらかれてゆくはずだったが、まとまった稿料を得た途端、何か急激に唯物的な欲求解消への思いにどうにも抗《あらが》えなくなってしまったのだ。

それで仕方なく、と云うのも妙なものだが、私はその稿料の一部を自分への慊《あきたりな》さを噛みしめながら引きだしてくると、今回一度だけ、女を買うことにしたのである。

さて、そう決めるともうその日の朝から久方ぶりに雄としての精気を取り戻せるよろこびにわくわくし、もはや一刻も早く、女体の熱い感触の中に、自分の心身を埋没させたかった。

ところで目ざす駅頭に着き、北口の方に廻ってみると、辺りは思ったよりもまだ夏の陽ざしが残っており、少し気分的に時間が早い感じもしたので、時間潰しにちょうど目についた駅前の二つの大きい新刊書店に、順繰りに入ってみることにした。文芸書コーナーに自著があるかどうかをパトロールしたかった為もあるが、当然、と云うべきか、両店とも私の本なぞはてんで置いてなかった。これが雄の精気に意気軒昂となっていた私はひどく不満で、心の中で毒づきながら店を出てきたが、駅の方に引き返していると、ふいとここ数日、新聞各紙の文化面に、その月の文芸時評が出始めていたことを思いだした。私の作も該当する月なのでもしかしたら取り上げられてるかも知れぬ、と今の書店での失意の反動で大いに期待しながら、売店でまだ時評が出てなかったはずの一紙を購《もと》めて早速ひろげてみると、そこには見覚えのある酒むくみした私の顔写真があり、どんな好評を受けたものかと食い入るように活字を追っていったが、それは褒めてるどころか、まるでボロクソに貶《けな》した評であった。

これに私は、ヘンに顔写真なぞ付載されてる分、余計晒し者となってることに憤然とし、こんなもの取っておく気にもなれず、グシャグシャに丸めて傍らのゴミ箱に叩き込むと、すっかりけたくそ悪い思いでツバを吐き散らしながら歩きだしたが、内心、この時点でどうも今日は、何か日が良くない気がしてきた。

気分はクサっていたが、急にお腹も減ってきたので、都電の線路脇の屋台風の店で、生玉子をダブルで入れたとんこつラーメンを食べ、次にコンビニでガムを買い、しばらくそれを嚙んで気を取り直してから、単身ラブホテルの入口ドアをくぐる。

すると月末の給料後のせいか、恋人同士以外にも、私と同じく買淫目的での男も集まってきているらしく、そこのパネルの空室ランプは全部消えていた。が、フロントで聞いてみると、間もなく掃除の終わる部屋が空くと云うので、少し待つことにし、ロビーの隅っこに馬鹿みたいに突っ立っていたが、ものの数分も経つうちには私はそんな自分がつくづく惨めったらしくなってきて、自分で自分を蹴殺してしまいたい狂おしい衝動にも駆られてくる。それでも程なくしてフロントの、手元だけの小窓から声をかけられるといそいそそちらに近寄り、前金と引き換えに部屋の鍵を受け取ったが、この上はこのあと、私の今の孤独感をいっときだけ忘れさせてくれる、素敵な相手がやって来てくれることを心中に祈らざるを得ない。

そしてエレベーターのところに行くと、ちょうどそれは下りてきている最中だったが、扉があくと一組の男女——五十がらみの会社員風と、二十代の、サマーセーターにデニムのミニスカートをはいた女の、あきらかに金銭を介在させたカップルが出てきたが、その瞬間、私の鼻にはその後久しく巡り合うこともなかった、あの、何んとも形容しがたい、腋臭の匂い、としか言いようのない、モアッとした異臭が飛び込んできた。カップルを吐きだしたあとのエレベーターに入ると、目に沁みる程、その匂いが充満している。これに私は口の中で今の腋臭親父を罵り、半ば呼吸を止めて七階まで上がっていったが、かの匂いのレベルも甚だ重症で、部屋に入ったのちも鼻腔には悪臭の微細な粒子がこびりついているかのようだった。

前にも何度か利用したことのある店に電話し、髪の黒いOLタイプをリクエストしたのち、まず浴室へ、自ら湯を張りにゆく。と、そのとき私の脳中には今の腋臭男と浴室との連想か、忽然と遠い昔の、例の腋臭風呂の強烈な記憶が蘇えってきた。するとと今度はその嫌悪感から、さっきの女の子が、あのおぞましいえき臭《しゅう》混じりの汗の下で、その匂いにもまみれながら黄白の為にあえぎ声を上げていたであろうことなぞも連想され、ひいてはこれから来る私の相手も、その前にはどんな症状持ちと交わっていたか知れたものではないことが妙に気味悪くなり、今さらながらに買淫そのものの虚しさ、公衆便所的な薄汚なさが、しみじみと思われてきた。

が、それから数分も経たぬうちにチャイムが鳴ったので、少し早いな、と思いつつ、今はその買淫に救いを求めるつもりでドアを開くと、そこに立っていたのは先程エレベーターから出てきた、あの女の子であり、その彼女が発散していた体臭は紛れもなく、濃度強力な腋臭の香りであった。

彼女は、一瞬声も出なかった私の表情を見て、違った意味にとったらしく、

「あ、ダメですか。チェンジ?」

なぞ、無理したような明るい口調で言ったが、よく見れば背の高い、クリッとした大きな瞳が優し気な、私の好みのタイプの容姿である。その陽気な感じも、このときの冷えた私の心にはひどく懐かしいものでもあったので、私も笑顔を作って中へ招じ入れた。

しかし再び部屋を密閉してみると、彼女の白のサマーセーターから立ちのぼる密度の濃い異臭はやはり格別で、その息苦しさに、つい、

「今さき、下で会ったよね」と野暮なことを無意味に口走ると、彼女はちょっとどう答えていいものかと迷っている表情を浮かべたのち、にっこり笑い、私に調子を合わせてくる。そして急にそれをはなの話題にするつもりになったものか、やおら口調を変えると最前の相手の五十男を、口が臭かっただの、裸が黴臭かっただのと、ひとりでバカ笑いしながらさんざんにこき下ろし始めたが、それを聞いているうち、今日は完全に外れを引いた思いがふくらんできた私は、この、自分の匂いにはまる

で無関心な眼前の女のことが文字通りに、たまらなく鼻についてきてしまった。

ひょっとしたら、こいつ蓄膿症ではないかしら、とも疑ったが、それにしてもいくら人手不足とは云え、よく店側でこうした娘を雇い入れているとも思い、もうここは長いのか、と聞けば、

「ここはまだ三日目。でも風俗は初めてじゃないよ。いろんな種類のをちょこちょこやってきた」

「ふうん。一番長く続いたので、どれくらいの期間やってたの」

「半年ぐらいかな。ＳＭのデリバリー。Ｓしかやらなかったけど」

普段の私は、本来ならもっと相手の虚実織りまぜた経歴話を聞きたがる方なのだが、いかんせんその匂いには閉口でかなわなかった。過去の腋臭風呂の例からも、湯にさえつかれば、取りあえずその場の匂いがおさまることを体験しているだけに、とにかくひとまずは彼女に風呂を済ませて欲しかった。

だがやっと浴室に向かっても、どこまでも彼女は自らにお構いなしで、私の体はそれこそ腋の下から足の爪先まで順々に洗い上げてくれるのに、自分の腋には一滴の湯もかけず、こちらが洗ってあげる気も起こらぬのをいいことに、おざなりに膣

内だけをコチョコチョやっただけで切り上げてしまう。そして妙に私の股間を念入りに洗うので、これには私も立ち籠めるその匂いの中でも屹立《きつりつ》してしまったが、ふとその握りかたが決してサービスによるものではなく、どうも私の性病の有無を調べてるような感じなのに気がつくと、途端に興醒めしてしまった。

そして二十余年ぶりに、今度は恰《あたか》も女湯バージョンでの腋臭風呂につかる仕儀となったが、往時と違い、今は風呂付きの部屋に棲んで小マメに身体を洗うようになっていた私は、これには昔以上に不快さを感じそうなものであるのに、なぜかこのときは、何かひたすらの寂しい思いがかきたてられてきてならなかった。

それに、彼女はどうもアポクリン汗腺の異常を秘部にも内包しているらしく、いわゆるマン臭であり、私はひと舐《な》めしただけで慌てて指に切り換えてしまったが、これではこの女の子の、ここの店での雇用も、私の人生同様、どうで風前の灯しびのものに思え、そんな私たちが悲しいものに感ぜられると、ふと目頭まで熱くなってくる。

しかし彼女はやはり底抜けに無頓着で、私の下腹部から唇を離し、顔を上げると明るい声で言うのである。

「ねえ、もしかして今日、あそこでとんこつラーメン食べたでしょ。尿道の奥からとんこつスープの匂いがした。わたし、鼻には自信があんだよね」

私はそれにいっぺんに、ふやけた愚昧《ぐまい》な感傷が吹き飛び、こんな気色の悪い、神経のない腋臭女なぞにはもはや指一本ふれる気が失せてしまった。おそらくこの女は、このあと自らについた客に、最前私に先客のことをコケにしていたのと同じ調子で、私のとんこつ臭を大袈裟に言い立て、またバカ笑いするのであろう。

だからこの女と共にホテルを出る際も、フロントで前払いの残金の小銭を受け取ると、本当ならその中の五百円玉をコーヒー代に、と相手に渡して気前を見せたがる私も、この日だけはそのまま全部を自分のポケットの中に入れることにしたのである。

出口のところで女と別れ、いつもの要心でひとつ先の都電の停留所に向かうべく、薄暗い路地から路地を歩いてゆく私の足取りは重かった。

つくづく、普通の恋人を欲しく思った。

そしてその私の胸には、また往年のあの感懐が、何かの呪文ででもあるかのようにして思いだされるのだった。浮世とは、他人の耐え難きものを耐えての、果てなき行路のことであったか、と。――

解説

豊﨑由美

第一三四回芥川賞候補になった「どうで死ぬ身の一踊り」を読んだ時の衝撃にして笑撃が忘れられない。

小学五年生の時に〈強盗の中に姦の文字も入る、ハレンチきわまりない〉犯罪で父親が捕まり、十代を〈中学を卒えたきり定職にもつかず〉フラフラ過ごし、母との縁も切れ、〈金がなくなって〝帰宅〟していた私といさかいになり、文字通りの半殺しの目に遭わ〉された姉は家出をしたきり行方不明。その後、〈根が虫のつくほど青臭い文学青年〉に成長した〈私〉は、〈慢性の性病に由来する精神破綻の末に〉昭和七年〈芝公園のベンチ上で凍死体になっているのを発見〉されるという非業の最期を遂げた作家藤澤清造に夢中になり、生原稿や手紙、はては卒塔婆《そとば》まで蒐《しゅう》集《しゅう》するようなおたくと化し、藤澤清造全集の刊行を悲願と心に定めるに至っている。

が、それもなかなかうまく事が運ばず、〈ここ数年来ひどく酒癖が悪くなり、殊に冷酒なぞ飲むと老若男女の区別なく、えらく暴力的な言動、振舞に及び、それで警察沙汰になったのも二度や三度のことではなかった〉なぞという、とんでもなくアナクロニズムな人生を送っている男を主人公にしたこの作品が、作者西村賢太その人の半生をデフォルメした〝私小説〟だと知った時には、「(いろんな意味で)とんでもない新人作家が現れたものだ」と大喜びしたものだ。

さて、そんな非モテの代表のような主人公が、よく行く中華レストランで働いていた六歳下の女性と同棲《どうせい》。ところが、この男は彼女の実家から全集資金として三百万も借り、また日々の生活費のほとんどを彼女に頼っているくせに、なんと暴力をふるうのだ。チキンの入っていないチキンライスに怒り、便座を上げておかなかったといって怒鳴り、女の下着に精を放ったのを「変態!」となじられて殴り、カツカレーを貪《むさぼ》り食っている様を「豚みたい」と言われ星一徹と化し、料理をひっくり返しちゃ、骨が折れるほど足蹴《あしげ》をくれるという、ちょっとどうかというほどの直情径行DV野郎なんである。

しかし、そういう行状を描く筆致が得も言われぬほど可笑《おか》しいのが西村賢太という作家の美点なのだ。〈私〉の喋《しゃべ》り言葉を近代文学調にし、女のそれを今風にすることで、〈私〉の時代錯誤ぶりを強調し、「慊《あきたりな》い」「結句」といった古めかしい言葉を駆使する一方で、「インチメート」「インフェリオリティーコンプレックス」などの片仮名語を交えることで、文章の破調を狙う。この全身私小説家は作品の内容から「下品」と思われがちでありながら、こと文章に限っては案外スタイリストなのである。

その〈私〉という一人称か、〈貫多〉という三人称で物語られる私小説シリーズ中、青春時代の出来事を扱った作品ばかりが収録されている『二度はゆけぬ町の地図』にもまた、西村賢太の賢太らしさが横溢《おういつ》している。

はじめに置かれた「貧窶《ひんる》の沼」に描かれているのは十七歳の貫多。中学を卒業して家を出て以来、港湾人足のような日雇い仕事をしながら、安アパートを家賃滞納で転々としていたものの、〈月払いの仕事に就き、やがてそのひと月毎の収入間隔に慣れた頃には、せめて台所と閑所ぐらいは専有した広い六畳間に移って、そこから改めて自分の青春の日々を始めてみたい、としきりに夢想〉するようになるところから話は滑り出す。その夢想の源にあるのは、十日ばかり前からつきあうようになった女子高生、悠美江の存在。ようやく学歴年齢不問のアルバイトを見つけて、酒屋で働き始めるのだが、もちろん貫多のことだから事はうまく運ばないと決まっている。前借りを繰り返す自分に説教をする店主を逆恨みし、前借りができないとなれば母親のアパートを訪ねて、財布から二万円を巻き上げる。四度目の逢瀬《おうせ》で肌を重ねた悠美江にも幻滅。〈悠美江の薄いパープルのショーツには、はな大量の膿汁かと思った程の、真っ黄色な分泌物がべっとり付着しており〉から始まる、女性の下半身をめぐる描写の生々しさや、〈これから自分には、心底から本当に愛しく思える、可愛い恋人といくらでも出会えるチャンスもあるだろうから、その日まではこの小汚ない悠美江を一種の「練習台」として、いろんなことを試してやろう、とも考えたのであった〉という身勝手さに唖然《あぜん》となること必定なのである。こういう場合、梅檀《せんだん》は双葉より芳しといっていいのかどうか、さすが、末は同棲相手の女に暴力をふるう「どうで死ぬ身の一踊り」の〈私〉へと成長（といっていいのかどうか）する少年であることだなあと、深く納得のいく一篇になっているのだ。

バイト先の居酒屋の主任に暴力をふるって留置場に入れられる顛末《てんまつ》を描いた「春は青いバスに乗って」の語り手は〈私〉。昭和のアイドル歌謡めいたタイトルとは裏腹に、ここでも西村賢太の分身は持ち前の短気を炸裂《さくれつ》させる。非のない自分にねちねちと嫌味を言ってくる主任と揉《も》め、早退する主任を外に追っかけていって摑《つか》まえ、〈逃がしゃしないんだよ。ぼく、てめえだけはどうでも泣かしてやることに決めたんだから〉なぞという子供のケンカめいた売り言葉を吐き、やってきた警察に反抗し、〈痛い、痛いっ、離して！　ぼくは被害者の方なんだっ〉なぞという情けない言葉とともに連行されるくだりは失笑必至だ。しかし、無論のこと、〈私〉は反省しない。捕まって三日もすると環境に慣れ、一週間ほど酒を断っているせいか健康状態も良化し、〈こうなると留置場も、どうも私にとってはある意味天国で、その環境は少なくとも自己を見つめ直したり、罪を悔い改めるような余地なぞ全く生まれぬ場所であるようだった〉と思う能天気さ加減もまた、栴檀は双葉より芳し（といっていいのかどうか）というべきなのである。

三番目に置かれた、貫多十六歳の時分を描いた「潰走」も酷い。家賃を滞納した挙げ句、追い出される顛末が綴《つづ》られているのだが、ここで堪能《たんのう》できるのは貫多お得意の逆恨みぶり。家賃を払えないなら出て行ってほしいという老夫婦に対し、〈――たかが一万二千円ぐれえのことで交番にまで駆け込み、あることないこと並べ立てやがって……とんでもねえ畜生どもだな、この乞食《ほいと》ジジイに白癬《しらくも》ババアめはよ……そんなに一万二千円が大事だと云うんなら、貴様ら一万二千円の為に余生を台無しにされてみるか〉と呟《つぶや》き、〈あんまりこう、嘗めた真似をしやがると、そのうち必ずてめえらの孫娘を犯してやるから覚悟しとけよ。無論、ナマでだ。その上、中出しもしてやるから。最低、三回はぶっ続けで中出ししてやるよ〉なぞと下品な呪詛《じゆそ》を繰り返すのだが、この「貫多と清造、ときどき彼女」シリーズ（トヨザキが勝手に命名）を読んでいる方なら先刻承知のとおり、西村賢太の小説の主人公は多分に口ばかりの男で、殺人やレイプをする度胸はない。できるのは、せいぜいつきあっている女に暴力をふるうくらいで、それだとて、事後でみっともないくらい謝り倒す。そして、そういうあらゆる意味において不様な己を包み隠さないのが西村賢太の私小説の真骨頂なのである。

あと、タイトル。タイトルが、とてもいい。この短篇集の最後に置かれた、尾崎一雄の「玄関風呂」と似て非なる「腋臭風呂」も、見た瞬間何やら異臭にまみれそうな生理的不快感をかもして、いい。この一篇の前半部は、十八歳の〈私〉がアパートの近所に見つけた、あまり混んでいない穴場の風呂《ふろ》屋に通うものの、腋臭《わきが》の強い男とたびたび一緒になることがあり、不快だったという話になっているのだけれど、吃驚《びっくり》するのはこのくだり。

〈私だってその後年にはひどいインキンに罹り、いっとき玉袋が煮くずれた里芋みたいな状態になってしまったことがあったし、淋疾を病んだときも、遠慮がちながら銭湯は使わせてもらっていた〉

えええぇー、腋臭よりそっちのほうがキモイでしょう。どう考えても、そっちのほうが迷惑でしょう。……そういうことがわかっていないのも、また西村賢太の賢太たるゆえんなのである。

しかし、話はそれで終わらない。後半部は、腋臭風呂のエピソードから二十年余りを経た現在へと舞台を移し、冒頭で紹介した「どうで死ぬ身の一踊り」で賢太の分身から酷《ひど》い目に遭わされていた女性に逃げられたせいで、また以前の買淫《かいいん》生活を強いられている〈私〉が、ラブホテルにデリヘル嬢を呼んだら秘所が臭かったという出来事を、腋臭風呂の思い出と重ねているのだが、その描写が先ほど紹介した「貧窶の沼」の女子高生の下半身のそれに匹敵するほど生々しいのである。

ここまで、書く!?　この短篇集に収められている四篇に限らず、あさましさ、愚かしさ、情けなさ、いじましさ、厭《いや》らしさといった、人から嫌悪を引き出す所業のさまざまなパターンを、西村賢太は描き抜く。賢太をワンパターンと批判する人がいるけれど、まさか。話の展開は似ているものがあったとしても、そこに現出しているみっともなさは常に新しい、それがこの全身私小説家の真価なのである。嘘だと思ったら、わたしのように全作読み返してみればいい。

「今どき私小説なんて時代錯誤だ」と笑う人もまた間違っている。私小説は純文学の一ジャンルなのである。それは、たとえばハードボイルド小説がミステリーの一ジャンルであるのと同じことだ。そして、ジャンルは然《しか》るべき才能の出現によって進化と深化を遂げると決まっている。車谷長吉や西村賢太が、その然るべき才能であることを、わたしは疑う者ではない。西村賢太が一生の間、「貫多と清造、ときどき彼女」シリーズを書き続けても、わたしは「慊い」と思う者ではない。

本書は二〇〇七年十月に小社より刊行された単行本を文庫化したものです。

二《に》度《ど》はゆけぬ町《まち》の地《ち》図《ず》

西《にし》村《むら》賢《けん》太《た》

平成22年 10月25日　初版発行
令和7年 10月10日　30版発行

発行者●山下直久

発行●株式会社KADOKAWA
〒102-8177　東京都千代田区富士見2-13-3
電話　0570-002-301（ナビダイヤル）

角川文庫 16500

印刷所●株式会社KADOKAWA
製本所●株式会社KADOKAWA

表紙画●和田三造

●お問い合わせ
https://www.kadokawa.co.jp/（「お問い合わせ」へお進みください）
※内容によっては、お答えできない場合があります。
※サポートは日本国内のみとさせていただきます。
※Japanese text only

ISBN978-4-04-394386-9　C0193

◆◇◇

角川文庫発刊に際して

角川源義

第二次世界大戦の敗北は、軍事力の敗北であった以上に、私たちの若い文化力の敗退であった。私たちの文化が戦争に対して如何に無力であり、単なるあだ花に過ぎなかったかを、私たちは身を以て体験し痛感した。西洋近代文化の摂取にとって、明治以後八十年の歳月は決して短かすぎたとは言えない。にもかかわらず、近代文化の伝統を確立し、自由な批判と柔軟な良識に富む文化層として自らを形成することに私たちは失敗して来た。そしてこれは、各層への文化の普及滲透を任務とする出版人の責任でもあった。

一九四五年以来、私たちは再び振出しに戻り、第一歩から踏み出すことを余儀なくされた。これは大きな不幸ではあるが、反面、これまでの混沌・未熟・歪曲の中にあった我が国の文化に秩序と確たる基礎を齎らすためには絶好の機会でもある。角川書店は、このような祖国の文化的危機にあたり、微力をも顧みず再建の礎石たるべき抱負と決意とをもって出発したが、ここに創立以来の念願を果すべく角川文庫を発刊する。これまで刊行されたあらゆる全集叢書文庫類の長所と短所とを検討し、古今東西の不朽の典籍を、良心的編集のもとに、廉価に、そして書架にふさわしい美本として、多くのひとびとに提供しようとする。しかし私たちは徒らに百科全書的な知識のジレッタントを作ることを目的とせず、あくまで祖国の文化に秩序と再建への道を示し、この文庫を角川書店の栄ある事業として、今後永久に継続発展せしめ、学芸と教養との殿堂として大成せんことを期したい。多くの読書子の愛情ある忠言と支持とによって、この希望と抱負とを完遂せしめられんことを願う。

一九四九年五月三日

角川文庫ベストセラー

二度はゆけぬ町の地図　西村賢太

日雇い仕事で糊口を凌ぐ17歳の北町貫多は、彼の前に現れた一人の女性のために勤労に励むが……夢想と買淫、逆恨みと後悔の青春の日々とは？『苦役列車』の著者が描く、渾身の私小説集。

人もいない春　西村賢太

親類を捨て、友人もなく、孤独を抱える北町貫多17歳。製本所でバイトを始めた貫多は、持ち前の短気と喧嘩っぱやさでまたしても独りに……『苦役列車』へと連なる破滅型私小説集。

一私小説書きの日乗　西村賢太

11年3月から12年5月までを綴った、無頼の私小説家・西村賢太の虚飾無き日々の記録。賢太氏は何を書き、何を飲み食いし、何に怒っているのか。あけすけな筆致で綴るファン待望の異色日記文学第1弾。

随筆集
一私小説書きの独語　西村賢太

雑事と雑音の中で研ぎ澄まされる言葉。半自叙伝「一私小説書きの独語」（未完）を始め、2012年2月から2013年1月までに各誌紙へ寄稿の随筆を網羅した、平成の無頼作家の第3エッセイ集。

蠕動で渉れ、汚泥の川を　西村賢太

17歳。中卒。日雇い。人品、性格に難ありの、北町貫多は流浪の日々を終わらせようと、洋食屋に住み込みで働き始めるが……善だの悪だのを超越した、負の青春の肖像。渾身の長篇私小説！　解説・湊かなえ

角川文庫ベストセラー

どうで死ぬ身の一踊り　西村賢太

不遇に散った大正期の私小説家・藤澤清造。その〝歿後弟子〟を目指し、不屈で強靭な意志を持って生きる男の魂の彷徨。現在に至るも極端な好悪、明確な賞賛と顰蹙を呼び続ける第一創作集、三度目の復刊！

田中英光傑作選　田中英光　編／西村賢太
オリンポスの果実／さようなら　他

オリンピックに参加した自身の体験を描いた「オリンポスの果実」、晩年作の「さようなら」など、珠玉の6篇を厳選。太宰の墓前で散った無頼派私小説家・田中英光。その文学に傾倒する西村賢太が編集、解題。

アンジェリーナ　小川洋子
佐野元春と10の短編

時が過ぎようと、いつも聞こえ続ける歌がある――。佐野元春の代表曲にのせて、小川洋子がひとすじの思いを胸に心の震えを奏でる。物語の精霊たちの歌声が聞こえてくるような繊細で無垢で愛しい恋物語全十篇。

妖精が舞い下りる夜　小川洋子

人が生まれながらに持つ純粋な哀しみ、生きることそのものの哀しみを心の奥から引き出すことが小説の役割ではないだろうか。書きたいと強く願った少女は成長し作家となって、自らの原点を明らかにしていく。

アンネ・フランクの記憶　小川洋子

十代のはじめ『アンネの日記』に心ゆさぶられ、作家への道を志した小川洋子が、アンネの心の内側にふれ、極限におかれた人間の葛藤、尊厳、信頼、愛の形を浮き彫りにした感動のノンフィクション。